文學叢書

023

王考

童偉格◎著

獻給

羅秀蘭 女士

目次

王考

我問祖父，愛情是什麼、
我問他，人怎麼這麼愚蠢
我問，我們活著為什麼、
我，跑來問你幹什麼、

關於我祖父如何在一夕之間，成爲人人懼怕的怪物，據親歷其境的我祖舅公追憶，事情的經過是這樣的。

當時，本鄉三村——海村、埔村及山村——村人，難得一起聚財聚力，翻山越嶺十數回，終於由城內尖頂聖王本廟，求出聖王正身一尊，當時迎駕北歸的父老們感覺自己，敢比執得鞭隨了鐙的周倉爺——眞個死亦甘願。然而，車駕甫出城界，到了尪子上天山腳下的冷水堀停息未久，父老間就起了爭端，原來，三村都各自建好了聖王廟，誰也不願在輪流供奉的次序、及供奉時間的短長上退讓。

祖舅公說，海村多的是手操蟒舟、越海岬至東岸運米、竟日來回大氣不喘的勇士，埔村的人，則是大刀王簡九頭的後裔，男女老少身上綁著兩百六十斤重的武練石去耕作擔水，全然不當一回事，果眞讓這兩村的人占了先，到時他們困著聖王、食言不還，我們拿什麼去和他們拚命？

祖舅公當時在冷水堀的濕地上站了半天，站到人都快陷進地底礦坑裡了，依舊無法可解，心中很覺淒楚。眼見磨刀霍霍的諸村菁英，他想，若果然又起械鬥，山村仍是毫無勝算，幾十年間，山村村人爲後進所迫，讓出海岸、讓出平原，攙老扶弱進了山地，猶能保有一線生機，如今，恐怕爲了千百年前的聖王老祖宗，要徹底肝腦塗地了。

頭頂的尪子上天山，山頂蒸騰的霧氣攝入更高的雨雲之中，祖舅公說，當時他想起他的妹婿——我祖父——告訴過他，這座本鄉境內最高的山，山名的由來，是因爲山頂的磺霧氤氳直上，第一個看見的人，錯覺有人影上天，故名之。祖舅公聽祖父這樣說時，曾問祖父，那第一個人是誰？你怎麼知道這件事？祖父凜然，從書架搬下一大部舊書，剝開書頁，用細長的指甲指了斗大的幾行字，要祖舅公自己讀，祖舅公看得了「日」，看得「雨」，看得「水」、「花」、「秋」與「冬」，但整段字看得不知伊於胡底，他只驚奇，那些蠻荒不明的事，怎麼，我祖父看書就知道了？

接著，祖舅公做了一個後來他「連作夢都在後悔」的決定，他用力提起半隻已陷入泥地裡的腳，呼籲三村壯士，用文明人的方式，談判解決這件事，暗地裡，他派人快去接祖父來，作山村的全權談判代表。

聖王是我們的啦！祖舅公說，當他看見鳳嘴銀牙的祖父，在眾人的簇擁下，目光炯炯走上坡時，心中忍不住這樣歡呼，他淌著淚，急急迎上我祖父，握著他的手，喊著，辛苦了，辛苦了，這一趟眞不容易啊！

祖父止住了祖舅公，他用那雙剛從書案上移開的雙眼，審視在坡地上、在堀坑旁橫七豎八躺著的三村村人。高處，一尊黑木刻的神像端坐轎上，渾身穿戴金碧聖衣，像一具被火燒焦、又被人鄭重棄之的嬰兒屍骸，座位兩旁，擺著令旗、令刀，與一袱黃巾包妥的小物事。

這就是祂了！小心，手腳輕點！當祖父開始熟練地考察、翻檢著聖王時，祖舅公在他身旁候著，喃喃碎舌。祖父面色凝重，不發一語，最後，當他打開黃巾，翻出聖王印時，嗚，他沉吟了一聲，細細檢視完印上的字後，他抬頭，高興地對祖舅公說，只有這印是眞的。

都是眞的啊！祖舅公攤開雙手，像要給祖父一個擁抱。

祖父又止住了他。據祖舅公說，後來祖父拿著聖王印，招招手，開始了談判會議，會議中，祖父不容眾人激辯，甚至不讓人打斷，從午前逕自說到了傍晚。祖舅公抹抹老掛到下巴上的眼淚，只覺得，身旁眾人爲了祖父的話，時而笑、時而哭、時而怒號、時而安靜，到了黑暗逐漸沉落的時候，眾人居然一派和諧，滿面紅光，宛如聖王親臨。

祖父止住演說。片刻後，一聲吼，兩面光，三村村人就地拔起，當場分了聖王老祖宗。埔村大刀王的後裔，奪了令刀、令旗與聖衣，揚長而去，海村勇士扶得轎子，將光頭裸肚的聖王高高架起，歡呼下坡，只剩下山村村人，呆看著祖父手捏著聖王印，像捏著一枚卵蛋，就著一天中最後的餘光，獨自鑑賞著。

夜裡，親臨分屍現場的山村村人睡不安穩，愈想愈怕，他們怕神、怕靈，也怕祖父。第二天，他們集合，互賈餘勇，把聖王印從祖父的書房搶了出來，之後，他們到木匠家拜訪，想求木匠補刻一尊聖王像，去了才知道，木匠昨天夜裡就被埔村人，用幾十把刀架走了，於是，他們綁回了木材，和木匠的老婆。

更大、更眞、衣著更輝煌的聖王像，總算造成了，連著聖王印，經年供奉在廟。從此，山村村人總避著我祖父，只有在心有所求，求之聖王而不應時，他們才會暗暗想起他。

想起他時，他們就編造許多關於他的傳說。有人說，祖父有四根舌頭，所以會講四種語言，和他相處久了，你連爹娘是誰都會忘記。還有人說，一生連讓我祖母懷孕當天，都沒有離開過書案的祖父，書房裡還藏了幾副備用的傢伙，是以，豬瘟橫行的那幾年，我們家還有閒人閒情，翻修總是漏水的豬舍屋頂。

久而久之，「人畜興旺」在山村，成了一句嚴重的粗話。

相反地，事實很快就湮滅在激動的情緒裡，爲人所遺忘了。祖舅公風吹人倒、行將就木的最後那幾年，我總是隨侍在側，一抓著機會，我就抽出速記本，細問祖舅公，那一天，在我印象中向來倔傲沉默的祖父，究竟說了什麼，能讓三村故舊如此癡迷。躺在病床上的祖舅公，只是眼淚直掉，他說得了「磺氣」，說得「東風」，說得「芒草」、「金針」、「裸豬」與「瓜屎」，但終段不成一語。

有幾次，祖舅公甚至將我錯認成祖父，激動得昏死過去。

今天清早，我收完蟹簍，剛爬出溪谷，遠遠地就看見我祖父站在馬路邊。我走上前，發現他穿著我父親的雨衣、雨鞋，兩手環抱我家廚房那一大甕紅砂糖。我問他在幹什麼，他喘著氣，興致奇好地回答我說，他要去看海，原本打算沿著公路下山，一直步行到海邊，但剛出村口他就累了，所以姑且在此站一會，且休息、且等公車。我打量四周，想起了幾十年前，這裡的確建有一處候車的小亭子，只是後來乘客少了，原本一兩個鐘頭來山村一趟的公車早取消了，小亭子和公車站牌，也都不知拆去多久了。

我知道，眞正的終局就要到來了。

終局之前，惟一不變的是，處於公路終點的山村總是在下雨，並不是爽快的傾盆大雨，而是一種從各個物體表面每時每刻不斷滲出的毛毛細雨——狗身上下狗毛雨、貓下貓毛雨，山村裡的小孩都長大成人，離開山村了，他們嬰兒時代的衣物，還掛在簷下乾不了。

我問祖父，累了嗎？祖父搖搖頭，繼續靜立雨中，閉目養神。汗水浸透他的長衫，貼住了雨衣，我放下水桶，靠著護欄坐在馬路上，等祖父逐漸調穩呼吸。背後溪流湍湍，鳥鳴聲逐漸安靜，四周更亮了一點，太陽應該已經完全昇起了。此時山村內，三三兩兩醒過來的人，必定把軟軟重重的衣服，從壓彎的竹竿上摘下來，套在身上，帶幾瓶酒，開始往門前那棵公共大榕樹走去。

榕樹底，有一頂石綿瓦與木柱搭起的大棚子，卡拉ＯＫ大風行的那幾年，大家合作，在棚子裡架了卡拉ＯＫ，後來流行有線電視，他們也翻山越嶺把電視纜線牽進棚子底。長久失業的村人，日復一日聚在裡面喝酒、賭博、爭是非、鬧選舉，一年中總有幾回，他們會勞動分駐所幾位衣衫不整的警員，開著警笛故障的巡邏車，前來樹下關切一番，但大致上，並沒有鬧過什麼大事，他們只是喜歡一起擠在棚子裡，像幾團浸在水裡的棉花。

惟一不同的是，這些潮濕的棉花人，從我的父執長者，逐漸變成了我的同輩友伴。

童年時，我總是光著腳，和同伴在雨中跑來跑去。我們從家裡偷出筷子，在沙地上挖洞，看著地底噴泉泌泌泌泌湧出，我們用罐子抓溝渠裡的長臂蝦、軟殼蟹，把牠們一隻一隻放進水田裡，或者，我們從口袋掏出、從身上搓出、從地上摳出一團又一團的爛泥巴球，往三合院的豬舍裡甩去，等祖父出來喊我們。

每一次，祖父都會從豬舍旁的書房走出來，在門口站好，招招手，用細細的哭腔對我們喊，快進來，不怕著涼嗎？他向來慢條斯理的，但從他的神情，我們知道他真的著急了。我們不理他，繼續對書房和公廁中間的豬舍丟泥巴球，陰暗的豬舍裡，豬倒抽鼻子發出抗議聲，我們樂得哈哈大笑。

在那個被滿山遍野菅芒、赤竹、榕樹與姑婆芋環抱的三合院落，祖父站在房舍末端，滿眼滿眼都是泥巴，書房門口、他的頭上，掛著一個木頭匾額，旁邊，幾頭大豬瘋狂地吼叫。泥巴地裡，幾個小毛頭指著匾額問他，爺爺，上面寫什麼字？

祖父一字一字回答，養、志、齋。

哈，小毛頭們人手一雙筷子，唧唧唧唧敲著節奏，滿頭滿身冒著沒有方向的雨，奔跑著，喊著，養豬齋、養豬齋、養豬齋……

祖父兀立原位，像一隻無可如何的鶴。

一直要到很多年後，我才發現，祖父年輕時，遠近各村村人死亡的原因，第一是肺炎，第二是流行性感冒，因此，當祖父對我們招手喊話時，他恐怕眞的以爲，我們會因爲在雨中奔跑而死掉。

如今，祖父抱著糖甕，和我一起站在馬路上淋雨，公車當然不可能會來了，但是我沒有告訴他。我問他，記得我是誰嗎？祖父瞇眼，默默望著我好一會，像在觀察一個膽敢粗聲粗氣驚擾他的二愣子。他不記得我了。

尪子上天山，遠近最高的山，仍在遠方吐著雲霧，山腳下有一個冷水堀。

當年的故舊，死了，離了，只有祖父依舊健朗。終年不輟，祖父日日在豬隻與人丁同樣昏沉的冥茫熹微中獨自醒來，在書房裡，他突掌、舒指、鬆腰坐胯、沉肩墜肘、丹田內轉、含胸拔背，將體內臟器顚倒位移行復整回，直到全身氣息鼓盪，精神內斂，心無外求，一羽不能加，蟲蠅不能落，經過的人和旁邊的豬都不知道，他大清早就和自己幹了一架，而且打贏了，存活了下來。

存活了的祖父在書桌前坐下，開始讀書，漸漸漸漸沉落到另一個世界裡。早上，那些老對著隔壁丟泥巴球的小毛頭，還微微困擾著他，到了傍晚，他已經無所罣礙，聲氣不聞，當他終於察覺身後有人，回頭一看，他覺得奇怪，早上書房外面滿地奔跑的那個小毛頭，怎麼到了傍晚就長成大人，站在他的書房裡了？

我站在祖父的書房裡，看著滿屋子亂走的書，心裡充滿了說不清的煩惱。那時，山村公車路線依然存在，我像捕魚一樣定期捉住一班公車，繞海岸潛進位於山村之後山的城內求學，我求得了一點學問，感到一點不怎麼徹底的痛苦，因這麼點痛苦而自覺驕傲，因這麼點虛虛的自傲而察覺一點實實的孤單時，我總會跑回祖父的書房裡，和他搭話。

我站在祖父陰暗的書房裡，那時，我是一個比較天眞、比較誠實的人，我抱起堆在一把椅子上的幾本書，把書一本一本丟在地上，製造一點聲音，好讓祖父發現我，祖父從書桌前回頭看我，我在椅子上坐下，直視祖父嚴肅的臉，任心中的疑問衝口而出。

我問祖父，愛情是什麼？

我問他，人怎麼這麼愚蠢？

我問，我們活著爲什麼？

我，跑來問你幹什麼？

祖父皺眉審視著我，或許在心中，他對有個年輕人莫名其妙跑到他面前，這樣荼毒嚴肅的文字，感到深深地厭惡，或許他只是盤算著，值不值得浪費時間跟我抬槓，最後，他總只嘆口氣，清空一塊桌面，鋪一張白紙，抓一本書，指幾行字，要我近前，抄下，背起來。

……日出礦氣上騰東風一發感觸易病雨則礦水入河食之往往得病七八月芒花飛颺入水染疾益眾氣候與他處迥異秋冬東風更盛……

……男子惟女所悅娶則是女可室者遺以瑪瑙一雙女子不受則他往受則夜抵其家彈口琴挑之女延之宿未明便去不謁女父母……

……穀種落地則禁殺人謂行好事比收稻訖乃摽竹竿於路謂之插青此時逢外人便殺村落相仇定兵期而後戰……

……人死以荊榛吹燒刮尸烘之環匍而哭既乾將歸以藏有葬則下所烘居數世移一地乃悉汙其宮而埋於土……

我抄了、背了，事後發現那沒有回答我的問題。只是當時，在祖父身旁，在逐字逐字的抄寫中，我幾乎每次都忘了，一開始進門時，我心中打算問的，到底是什麼。陰暗的書房，滿地亂走的書，我隨手指一本，問祖父，書裡寫了些什麼。

哪一本？祖父沒好氣地問。

這一本。

這本，有位詩人想念他死去的女友，寫的一部詩。誰知道他的女友根本沒死，有天夜裡，女友偷偷跑進他的書房，看見桌上的詩稿，很受感動，爲了讓詩人繼續把書寫完，女友跑到外面，眞的自殺死了。

旁邊這本呢？

這本，有位聖人，晚年隱居在河邊寫的史書。後來他精神有些錯亂，悶瘋了我想，他宣稱他遵循的是周禮，但是死前七天，他跟人說他其實是個殷人。

再過去那些呢？

還是史書，一位偉大的閹人寫的。

他們說你有四根屌。

你記錯了，他們說我有四根舌頭，八根屌。

你有嗎？

來，把這段書默出來。

偶爾興致好的時候，祖父會清出整張桌面，攤開一卷他手繪的地圖，跟我解說他考察的成果。他說，從前從前，硫礦向來封禁，爲了防止有人私自盜採，作爲火器，四季仲月，地方官會連同近駐兵警入山，在尪子上天山附近聚集採出的硫磺，就地焚燒。燒硫磺是個苦差事，火一發，磺氣蒸鬱，入鼻昏悶，諸官員有金銀藏身者，不數日皆黑。禁不勝禁，燒不勝燒，只好官營開採。

他說，許多年後，他就跟著採礦隊來到了山村，那時山村地熱，入山採磺礦必趁半夜，日出即歸，還必須時時用糖水洗眼，以防被磺氣薰瞎了眼。

他說，紅砂糖多從海路，由汽船輾轉運來，有一次，他曾在海邊親見運糖汽船擱淺，爲防搶奪，船長命令解開貨物，盡棄於海，當時那艘船，如同夕陽逐漸沉落，海水爲之酡紅，那是，他所見過，最美的景象。

說著，他張開虎口，比了比地圖上的海岸線，然後用手指一一追蹤地圖上的地名，從滴水尾、老山頭、楓瀨濂洞，經梳櫛腳、鯽魚潦、尪子上天，過石碣後、九芎頂、半碉亭埔後又回到滴水尾。他說，這些地點底下，礦坑坑道筋脈相連，接駁有序，條理儼然，就是這樣，他打通了遠近各村，比誰都還要瞭解這個地方。

比那些，在地表上生生死死、哭哭笑笑的人，都還要懂得，這個世界。

那麼，這個地方呢？有一天，我趁隙，指了地圖上的一個點，問祖父。

冷水堀？那是後來山村地冷了以後，所形成的一個無用的水坑。

我的意思是……你記得嗎？冷水堀，我祖舅公，聖王廟。

你對地方宗教有興趣嗎？好，我給你看件有趣的東西。祖父從書架上搬出幾大捆紙，他說，當然，我沒有錯過對地方宗教的考察，這堆紙，記載的是遠近各村的廟宇，建成的沿革及所供奉的神像，這份，是據說本地最靈驗的神，「王光大帝」的考據。你知道王光是誰嗎？祖父招招手上一疊幾乎就要碎成粉末的舊紙，瞪眼問我。我說我不知道。

當然你不知道，祖父說，沒有人知道，但是總算千辛萬苦讓我考出來了。王光，根本是一個虛構的小說人物，他只出現在明朝一位姓余的讀書人的遊記裡。更有趣的在底下，祖父放下紙，從書桌旁拖出一個大木箱，祖父吹吹灰塵，掀開木箱，我看見箱裡，仍舊封著幾大捆紙。

這裡面，祖父說，我記載的是本地有史以來，所發生過的幾次重大天災。你看看最近這份，西曆一六四八年——也就是清順治五年、南明永曆二年——七月，一個大颱風經過本地，把本地僅有的二十四戶用茅草和竹竿造成的人家，全數吹進海裡，無人生還，過了大約二十年以後，本地才又有人居住，那已經到了清康熙年間了。可以說過了當時，此地才有文人某，翻翻手邊前朝閒書，撿出一個人名，奉為神祇，而且居然靈驗，後代也就因循相信，有趣，有趣，有趣。

說到西曆一六四八年的大颱風，你知道當時怎麼了嗎？當時，自奉「招討大將軍」的鄭成功，就是趁著這同一個颱風東來壓境時，兵出金、廈，攻克了泉州和同安。想不到，整整十年以後，當他率水陸軍十萬，戰船兩百九十艘北上時，在長江口附近，又遭遇一次大颱風，這次，鄭氏覆舟喪師，退回舟山，幾僅以身保。

說到鄭成功，你看看桌上的地圖。祖父回身，推開桌上雜物，亮出地圖，他指著地圖上某處，問我，看到地名了嗎？這裡叫國聖埔，那是因爲……

我就是在這時悄悄隱退，退出了祖父的書房，從此沒再進去過。我不知道必須經過多久，祖父才會回過神來，發現他惟一的聽眾已經走了，但是我想，就算他終於發現了，他其實也不在乎。現在，祖父在我身旁，他已經認不得我了，他懷抱糖甕，一心一意等著不可能會來的公車，絲毫不覺有說話的必要。

輕輕地，我把水桶裡的大蟹一隻一隻抓出，在馬路上放生。沙蟹橫行，有幾隻竄近祖父腳邊。我把水桶突然推倒，任它滾動，發出一些濕淋淋的聲響，我以爲這樣能激得祖父想起什麼，開個口，說些話。

但祖父長衫靜立，像一隻鶴。

最後一次離開祖父書房的那個傍晚，我走在三合院的泥地上，心中突然想念起童年那雙筷子。那時，我們像群心無所求的乞丐，由於心眼依舊蓋著童騃一片，即使總是身在雨中，我們還是看不出，有什麼必然會消失的光與溫。

唧唧唧唧，唧唧唧唧，在那個紙張在雨中命定腐壞的過往山村裡，祖父曾確切地對我說，據他考證，本地越三四百年會有一場毀滅性的災難，一切會從頭來過，人類重活，史書重寫，然而，那不是因爲什麼神靈作祟的緣故，那只是因爲，壞掉了的東西就會死掉。然而，祖父補充，不求天啓，求之於心，我們依然要努力做些什麼，留下些什麼。然而，祖父回到他的書案前，指指面前的書，他說，你還是要記住，文字用你，不是你用文字，因爲，文字比你活得久。

在那個紙張在雨中命定腐壞的過往山村裡。

祖父的邏輯像個圓，行動像個圓，信仰也像個完整的圓，任何畸零不具意義的往事，都自然而然地，被他排除於記憶之外。我知道，祖父不會記得，很久以前，我曾經像現在這樣，陪他等了好久的公車。那是我童年時的某個秋天，祖父帶我到海濱街上剪頭髮，剪完頭髮，我們一起在海邊，等公車回山村，公車也許脫班了，也許在路上壞了，那天，原本一兩個鐘頭該來一班的公車，我們等了半天，都不見蹤影。

那天的結局是，祖父決定不再等了，我們一同緣著溪邊馬路走上山，馬路新鋪柏油，避過山壁淌進山坳鋪得歪歪斜斜，顚顚簸簸走在上面人也像要融化一般。半路上，雨下大了，我時時轉頭看看道旁的指標，總覺得上面寫定的里程數，怎麼好像總走不完似的。突然間，走在我後頭的祖父消失了，突然間，他又從前方道旁的菅芒花叢中鑽了出來，手上舉著一隻用菅芒花編成的鳥，鳥腳是花梗，鳥尾是蒼黃的菅芒花穗，祖父微笑著——他確實對我笑了——把那柄花鳥交到我手上。

細微的風，帶著雨，颯颯颯颯在我眼前，從鳥尾滑過。

我感到驚訝，我問祖父，你怎麼會做這個？

祖父轉身繼續向前走，他說，這條路是他從前來來回回踏出來的，路上所有好玩的事，他都知道。

我跟著祖父走，覺得不累了。我注視著他，盼望著，不知道他什麼時候會再突然消失，從道旁再帶回什麼讓人意外的東西。我精神警醒地跟在他身後，一直到了公路的終點。

我想我也在等待，等待一個眞正的終局。

我知道，祖父這次再也動不了了。雨水打下，汗水浸透了他的長衫，沙蟹橫行，在他所踏出來的路上，他一心等著不可能會來的公車。

我知道，昨天夜裡，這位在自己的精密考據中，具體地說，是自西曆一六四八年七月以降，本鄉境內學問最高的人，終於離了他那千萬人往矣吾獨溯之的書房，那時我剛布置完蟹簍，走到公共大榕樹下棚子前，發現他獨自一人在裡面，靜坐看雨。

棚子裡丟滿了酒瓶和紙牌，他收集一疊紙牌，仔細分類，雖然他從來沒有打過牌，但他確定，長久以來，村人所玩的紙牌，仍舊只有四種花色。

他拾起桌上的電視遙控器，按開電視。

第一台，摔角台上兩個男人絞在一起。

第二台，一個女人做愛的臉。

第三台，一個小孩像狗一樣不斷哀號。

人怎麼像狗一樣叫呢？祖父不解，默想一會。

他轉頭，看見棚子外面，各家各戶的簷下，都掛著滿滿的衣物，幾乎遮住了大門。是這樣的，他想，自古以來此地風俗即如此，他記得不知道哪本書上記載過，此地人在聚宴時穿衣，長衣穿於內，短衣穿於外，一身凡十餘襲，如裙帷颺之，以示豪奢，宴散，則悉掛衣於壁，披髮裸逐如初。自古以來，此地即無君長與徭役，以子女多者爲雄，眾人聽其號令。

但，最偉大的造史者是個閹人，他想，就像我一樣，我雖然無友無伴、無祖無後，卻毫不孤單，我是太陽，太陽只要將自己燃燒殆盡，就知道遠近四方，不可能會有光了。他突然想去看海，海面上夕陽沉落，一片酡紅。

天亮了，山村內第一個醒來的人，把衣服從壓彎的竹竿上摘下來，套在身上，帶幾瓶酒，走到榕樹下大棚子底，棚底無人，他發現不知道是誰，把滿地紙牌，都在桌上分類排好了，桌旁電視開著，一個小孩像狗一樣不斷號叫。

他拾起桌上的電視遙控器，轉台。

第一台，一個女人做愛的臉。

第二台，摔角台上兩個男人絞在一起。

第三台，同一個小孩學同一頭狗不斷地號叫。

他搖搖頭，關掉電視，坐下等待，等待一天聚宴的開始。

天更亮了，山村裡一對夫妻在家裡醒來，太太到廚房，發現架上不見了一大甕紅砂糖，先生到外面，發現簷下不見了雨鞋和雨衣，他們發急，滿地亂喊，喊豬，喊狗，喊爸爸，最後發現，全家只剩他們兩個人。

天更亮了，在村口馬路邊，一對祖孫等公車，祖父不認得孫子，孫子不跟祖父說話，孫子成了一個不那麼天眞、不那麼誠實的人。多年以前，他重回山村，帶幾瓶酒，和童年友伴擠在棚子裡，喝一天酒、打一天牌、唱一天卡拉OK、看一天電視摔角，像政客一樣重新贏回他們的信任。在那個或者因爲酒的麻痺，或者因爲相聚的喧譁，而人人不感覺痛苦的棚子底，幾天之內，這些友伴，就羞澀鄭重、支離坦然地對他的速記本，交代完了他們常住山村的每日每夜。

酒酣耳熱的童年友伴，用長滿鬍漬的臉貼著他執筆的手，涕淚四縱，親熱地問他，記得嗎？小時候有一天，你、我、某某某和某某某，曾經相約，一起跳河自殺。

呃，對，他小心翼翼，用友伴沒有察覺的方式抽回自己的手臂，推推臉上彷彿虛飾的眼鏡，快速從空中抓住一句話搭腔，他說，對，自殺一直是本地十大死因的第三名。

童年友伴哈哈大笑，用鐵拳重重捶在他的胸膛上，並且不忘馬上扶住向後倒的他，友伴對他說，你果然是你祖父的孫子。

孫子猛抬頭，發現雨居然停了，許久不見的太陽高高掛在頂頭，比最高的山頭還高。公車總不來，一頭路過的野狗在祖孫面前停下，張開大口，對著太陽瘋狂吼叫，山爲之震而無陵，水爲之撼而無涯，如此片刻有頃。祖父聽著，直到一切復歸沉靜，在他心中連成一個圓，他嘆口氣，吐出一句話。

我聽見我祖父說：「這就對了。」

——本文獲二〇〇二年聯合報文學獎短篇小說大獎

叫魂

「找什麼？」「找我們家那隻母雞
「找母雞幹什麼？」「找我們家那把菜刀。
「妳是找母雞還是找菜刀？」「找菜刀
「那關母雞什麼事？」「刀在牠身上

四月四日婦幼節，在山村就讀小學六年級的吳偉奇，正放著春假，他記得，就在昨天，終於有人上山來，將壞了好幾日的山村電話線路修好了，除此之外，他所居住的山村，近來無事發生。他坐在家門口，看著遠遠一棵大鳥雀榕的樹蔭下，他的堂侄子，吳火炎，坐在一把椅子上睡覺，睡得浮浮沉沉。吳火炎令他想起隨著水族箱的氣泡串，漂漂蕩蕩的大眼金魚，遠遠看，覺得牠正優哉游哉游著泳，走近前一瞧，唉呀，這魚已經死了嘛。

吳火炎比吳偉奇大四、五十歲，自吳偉奇有記憶以來，吳火炎就處於待業狀態，這次春假，吳偉奇觀察了吳火炎三天，吳火炎就在那把椅子上，睡了整整三天。

鳥雀榕的主幹極壯，但枝葉薄脆，立在地面上，像一把直直倒插的掃帚，風吹過時，枝葉亂顫，滿樹皆鳥、無枝不雀地騷動不息，涼意陡然卸去了大半，只剩下鳥大便似的軟大樹籽，一坨一坨直往下墜，叫人心煩氣躁。沒有數十年露天睡覺的修爲，誰也不可能在鳥雀榕底下，像吳火炎睡得那般香甜。

吳火炎不在家裡睡是有原因的，因爲他和自己的母親不合。吳火炎的母親年紀輕輕就守寡，她嚴格教育惟一的兒子，一心讓他讀書、考公務員、當大官，待吳火炎大學畢業，他的學問已經大到寫字字會跑、說話話會飛，大家愈是萬分不懂，愈是佩服萬分。有一天，吳火炎從城裡回來，摔了一張紙在桌上，說他遂了母親的願，從明天起，就要受聘往縣政府當差。

吳火炎的母親心想，這就是功名提榜上、受領一個縣的意思。她默不作聲，從供著吳火炎父親牌位的神桌抽屜底，拉出一串準備了很久、很長的鞭炮，自去外面放了。鞭炮經久受潮，聲音悶悶地響不起來，吳火炎的母親自站著，也憋了兩眼泡滿滿的淚，哭不出來。

第二天，吳火炎當差的第一天，吳火炎的母親早早起身，熬好一鍋粥，喚醒吳火炎，推著手推車，自往市場擺攤去了。吳火炎起床，吃了粥，穿戴整齊，坐在客廳裡抽了根菸，他看看門外曬衣竿下殘餘的鞭炮屑，皺了皺眉，拿起掃把、畚斗，去外面掃地，掃完地，他回頭看看門內客廳，一根抽完的菸頭正從菸灰缸上慢慢滾下來，掉進滿地的塵灰裡。

吳火炎又皺了皺眉，他提了一桶水，到客廳拖地。

拖完地，吳火炎又整理了廚房和臥室，這樣忙了老半天。

午後，吳火炎的母親推了空推車，從市場回來，看見吳火炎坐在門檻上，兩眼空空、拳抵著腮沉思，身前身後，滿地漾著水光，門上新換的春聯，未乾的墨跡直往下滑。吳火炎的母親棄了車，急趨向前，問她兒子：「怎麼了？」吳火炎喊了聲：「完了！」就不說話了。從此以後，吳火炎也不往縣政府當差了，他搬了一把椅子到樹下，坐著睡了幾十年。

幾十年過去了，到了四月四日婦幼節這天，吳偉奇看見吳火炎的母親，也就是自己的堂嫂，拄著拐杖，從鳥雀榕旁的一間矮房走了出來。今年七、八十歲的她，腳跨門檻，背倚門柱，將拐杖夾在腋下，兩手撩起裙角，張開嘴巴，扯起嗓門，緩緩慢慢、悠悠淒淒地，一一呼喚所有她認識的人。有的人，已經過世很久了，她唱著名字的神情，好像是照著他們墓碑上刻的字一路往下唸似的。

吳偉奇知道，他堂嫂只是想叫人，幫她跑個腿，去雜貨店買點東西而已。

終於，他堂嫂唱到吳偉奇的名了，吳偉奇站起來，拍拍屁股，牽著捷安特，走過鳥雀榕，來到他堂嫂跟前。他堂嫂顫巍巍從裙腰底袋，翻出一張蕩氣迴腸的鈔票，交給吳偉奇，吩咐他，到雜貨店，買兩包黃色的、硬盒的長壽菸。

「長壽？」吳偉奇問。他堂嫂點點頭。

「兩包？」吳偉奇又問。他堂嫂還是點點頭：「兩包我夠抽了。」

吳偉奇微感驚奇，因為他從來沒有看過他堂嫂抽菸。他推動捷安特，一躍而上，騎了出去，正要加速踩踏板時，他瞥見吳火炎居然從椅子上站了起來。

吳偉奇大感驚奇，緊按剎車，跳下捷安特。他看見吳火炎站直身，插著腰，對著他母親喊：「找什麼？」順著吳火炎的目光，吳偉奇看見他堂嫂正伏在地上，嘟著嘴巴，咕咕咕咕學雞叫，她揚起頭，回答吳火炎說：「找我們家那隻母雞」

吳火炎問：「找母雞幹什麼？」

「找我們家那把菜刀。」他堂嫂說。

「妳是找母雞還是找菜刀？」

「找菜刀。」

「那關母雞什麼事？」

「刀在牠身上。」

「什麼？」

吳偉奇的堂嫂叨叨絮絮說，她想吃雞肉，就拿了菜刀到後院雞舍，提出家裡惟一那隻母雞，抓住雞脖子，蹲下，一刀砍落。但菜刀沉，母雞抖，人眼花，一刀沒砍準，整把菜刀卡在雞後背上拔不出來，她放了雞，站起來，活活筋骨，低頭一看，雞已馱著刀不知飛到哪裡去了。

「什麼時候的事？」吳火炎問他母親。

「就今天早上。」

「早上？現在都下午了妳知不知道？」吳火炎邊說邊往家裡走，喃喃唸著，又不是過年殺什麼雞？沒事找事做！一回頭，看見吳偉奇正望著他，吳火炎大睜雙眼，對吳偉奇熊吼一聲：「阿叔，你在看什麼？」

聽見他堂侄子對他吼，吳偉奇趕緊騎車跑了。

吳偉奇知道今天的日記要寫些什麼了。

他騎著捷安特，沿田邊小路，往大馬路上的雜貨店去。他覺得今天很特別，因爲，吳火炎居然從椅子上站起來，跟母親說話了。吳偉奇上一次看到吳火炎這樣做，是在好幾年前，那架軍用運輸機摔下來的那個下午。那時候，吳偉奇剛學會騎腳踏車，只要有空，他就騎著他的捷安特，在大路小路上繞來繞去。那天下午，他在捷安特上，看見一架軍用運輸機，從他頭頂，以半圓形的軌跡低空掠過，一頭栽進遠處的山溝裡，那個山溝無人居住，只長滿了盤根錯節的小榕樹、橫七豎八的黑綠竹子，還有大片大片的姑婆芋。

火光竄起，一陣巨大的音波照面打了過來，吳偉奇當場愣住，他張大嘴巴，怔怔看著前方。這時，吳火炎像彈塗魚一樣，縮腹從那把椅子上彈了起來，眼放精光，衝回家裡，吳火炎的母親也正好衝出家門，兩人在半路相遇，吳偉奇看見，這對在他印象中，從來沒有說過話的母子，手攏著手，彼此對望了好久。

吳火炎問他母親：「怎麼辦？」

他母親遙指火光，對吳火炎說：「快！去看看！」

吳偉奇只見吳火炎鯊魚也似地，向那正在燃燒的莽林裡游去。

這麼一想，吳偉奇趕緊抬頭看了看天，天上沒有任何東西，天空自己就是面藍太陽，藍藍地燒著，燒得小路兩旁光禿禿的水稻田，也一片藍熒熒。旱地上，蕃薯藤努力攀到溝渠裡吸水，所有茄子全都向下挺直了，樹上，家秋鳥的蛋提前孵化，剛探出頭的幼雛撞著烘烘熱浪，閉眼瞎嚷：「收稻穀、收稻穀、收稻穀……」吳偉奇想起，有一天，他的老師李國忠，站在黑板前，憂心忡忡地問大家：「各位小朋友，看看天空，你們有沒有發現，有一件事情很奇怪？」坐吳偉奇後面的何志勳偷偷說：「教室裡看得到天空才奇怪，老師又喝醉了。」他伸長了腳，不斷踢吳偉奇的椅子。

李國忠說：「你們有沒有發現，從放寒假開始到現在，都沒有下過雨？」

何志勳說：「這個我看新聞就知道了。」

吳偉奇回頭罵何志勳：「你不要一直踢我行不行？」

但李國忠沒有聽見，他繼續說：「這眞的是……太……想想看，一個地方……四面都是水，大家住在裡面，都要渴死了……」

何志勳用力踹了一下椅子，告訴吳偉奇：「注意看！老師又要哭出來了。」

李國忠說：「我現在發下新的筆記本，從今天開始，你們每天都要寫日記，不管發生什麼事，都要好好記下來，知道嗎？」

說完，整間教室爆出抗議聲，李國忠抹了把眼淚，抱了一疊筆記本，走著，一本一本發下去，他說：「大家要好好珍惜現有的一切，知道嗎？」吳偉奇領了厚厚的筆記本，看看李國忠，他眞想要好好地嘆口氣。

遠方小路的盡頭，有一個人，不斷叫著：「張先生、張先生、張先生……」

沉默片刻，又傳來「咚、咚、咚、咚」捶打鐵捲門的聲音。

「張先生、張先生、張先生……」

「咚、咚、咚、咚……咚、咚、咚、咚……」

吳偉奇騎到大馬路上，拐了個彎，來到雜貨店前，他發現，在雜貨店門口大聲叫嚷和捶門的人，不是別人，正是他的老師，李國忠。

「嗨！」李國忠看見吳偉奇，停止喊叫，打招呼說：「買東西？張先生好像不在，等一下吧！」吳偉奇把捷安特停好，在雜貨店外的長板凳坐下，李國忠也挨到他身邊坐下。相當長的一段時間，吳偉奇和他的老師，坐在板凳上等，他們看著前方的大馬路，馬路再過去，是一棚一棚種絲瓜的棚子，再過去，是大片大片的雜木林，再過去，一條輕輕淺淺的小溪，再過去，一道突然高起的山壁。吳偉奇看著，總覺得有點不對勁，對了，他突然想到，爲什麼除了他和李國忠外，到處一個人也沒有？不只到處一個人也沒有，大馬路上，一輛車也沒經過，絲瓜棚下，一朵黃花也沒開放。

「啊……」李國忠打了一個響亮的酒嗝，高聲唸起：「清明時節雨紛紛，路上行人欲斷魂，借問酒家何處有，牧童遙指杏花村。」唸完，舌頭「嘖、嘖、嘖、嘖」在嘴裡摳著牙縫，好像在品嘗那首詩。

吳偉奇覺得好尷尬。

李國忠說：「斷魂的雨，在我前面，沒有下，賣酒的地方，在我後面，沒有開……但是，明天就是清明節，清明節還是要過的，因爲，清明節的目的，是，這個，爲了，紀念……這眞的是……太……」吳偉奇抬頭看了看李國忠，他眞怕他的老師又哭了，還好，李國忠並沒有哭，他正緩緩伸出兩手的大拇指和食指，在面前搭成一個方框，透過那個方框，不知在看些什麼。

學校裡的人，都管李國忠叫「李瘋子」。吳偉奇讀小學的第一年，李國忠駕了輛前後都沒有保險桿的裕隆房車，衝進煙沙滾滾的小學操場，差點沒撞上升旗台。李國忠下車的第一件事，就是哭，那是他轉到這所山區小學來任教的第一年，但是他逢人便大力握手，淒淒地說，他說不定馬上就要調走了，所以，會好好珍惜和大家相處的時光。每年學校的尾牙宴，李國忠都會這樣哭一場、鬧一回。這樣過了好多年，到了吳偉奇升上六年級時，李國忠成了吳偉奇班上的導師。

最近一次學校的尾牙宴後，據說，李國忠趁著醉意，開著他的裕隆房車在山上飆，一頭撞到山壁上，差點沒把自己撞死。

「吳偉奇、吳偉奇、吳偉奇……」李國忠突然兩手圍成擴音器狀，不斷向前方呼喚吳偉奇的名字，他轉頭對吳偉奇哈哈大笑，又繼續叫著：「吳偉奇、吳偉奇、吳偉奇……」他問吳偉奇：「爲什麼大家那麼喜歡叫你的名字？」

吳偉奇不說話，他心想，還不是你李國忠害的。規定完大家每天都要寫日記的第二天，李國忠不知從哪裡弄來了一個水族箱，放在教室後面，李國忠說，爲了讓大家「深刻地感受水對生物的重要性」，他現在要發給每人一條小金魚，希望大家好好照顧。吳偉奇領到一條紅白相間、額頭帶黑點的，連同其他七位同學的七條魚，一同養在水族箱裡，每天午休時，大家像養雞一樣，把大把飼料灑進水族箱，引得眾金魚凶猛搶食。搶得多的發育得快，漸漸顯出胖瘦之別，但大致上，每條魚都長大了，水族箱就顯得空間不夠了。

某個星期一，大家放完假回到學校，發現吳偉奇的魚首先出局了，牠身上所有突出的部位，包括眼、尾、嘴、鰭，都被啃掉了，翻起白肚，像一顆球，被水族箱箱底冒出的氣泡串推著，在水中一躍一躍地，既不整個浮上來，也不完全沉下去。從此以後，「吳偉奇、無尾鰭、吳偉奇、無尾鰭……」大家總是這樣笑他。

「你好像很不喜歡說話。」等不到吳偉奇回答，李國忠這樣說。

吳偉奇還是不說話。

「沒關係，」李國忠說：「有的人話很多，有的人話很少，有的人講話很直接，有的人講話總是繞圈圈，只要別人可以諒解就好……不要像我一樣就好。你知道我有時候覺得自己像什麼嗎？我像一顆高爾夫球，那邊有一個洞，讓我滾進去吧，哈哈。」吳偉奇看了看李國忠，他覺得李國忠，眞是個好人。

吳偉奇記得山村裡每一個人發生過的事，所以，他知道李國忠在學校裡做過的許多好事——他加了兩架手風琴在學校樂隊裡，讓朝會的升旗歌聽起來像兩頭大狗同時在喘；他幫因爲退休後想當農夫而在學校到處墾荒的校長，種活了山藥薯；在最後連何志勳的魚都死掉了的那天，爲了安慰大家，他還邀大家放學後，一起去溪邊游泳。

只是，吳偉奇並不對魚的死亡，感到特別難過。他還在娘胎裡，就作了人家的阿叔，而且自小就在這個山村裡長大，他看過，無風無雨的時候，一架飛機會自己從天上栽下來；他看過，在他家後院，兩隻公鵝聯合把另一隻公鵝壓進水塘裡，讓牠活活溺死；他還看過，在他祖母的臥房裡，兩位醫生一起拔掉他祖母的氧氣管，旁邊，另一位鄉公所的人員，立即開了死亡證明。

他的祖母，躺在床上六年，每天有四回——清晨四點、上午十點、下午四點和晚上十點——他的父母要打早起床、或從田地上趕回來，爲他祖母翻身、按摩、搽藥。吳偉奇在小學裡學會四則運算以後，曾經算過，六年中碰到兩次閏年，所以總共三百六十五乘六加二等於兩千一百九十二天，兩千一百九十二乘以四等於八千七百六十八，也就是說，他們至少為他的祖母，翻過八千七百六十八回身、按過八千七百六十八回摩、換過八千七百六十八回藥，然而這些，還是不能阻止新生的膿水，從他祖母灰黃的皮膚底一直流出來。

發現魚被同學的七條魚聯合啃死的那天，吳偉奇放學，經過祖母從前的臥房門口，馬上就把想說的話呑回肚子裡去了。那時候，吳偉奇突然發現，他的祖母、他堂嫂，還有他的同學劉宜靜的祖母等等老人家，有一個習慣很像——她們住在一個房間裡，總是叨叨唸著，希望有什麼親舊故友可以來探探自己。盼著盼著，終於有人來看她了，但坐沒半晌、聊沒幾句，她又急著問：「你也很忙吧？別耽誤了正事，要不要回去了？還是趕緊走吧！天快黑了，公車很難等啊！」好像喜歡把人在路上趕來趕去似的。

吳偉奇的同學劉宜靜，在吳偉奇升上六年級前的那個暑假的某一天，和她祖母一同去城裡看祖母的姊姊，回來時遇上了颱風，她們急著搶路回家，結果被暴漲的溪水沖走了。幾天以後，人們在海裡撈到了劉宜靜的祖母，她全身赤裸，僵硬的四肢固定住一顆大石頭，人們想把石頭搬開，劉宜靜的祖母的臉，啞啞啞啞吐著水。

而劉宜靜，始終沒有被找到。

有一天，吳偉奇獨自坐在學校操場上、跳遠沙坑旁的那架地球儀裡。那架地球儀，是劉宜靜的父親送給學校的紀念品，用不鏽鋼柱銲成，人可以坐在裡面原地打轉，堅固的基座上，鍥著劉宜靜的名字與生卒年月日。吳偉奇腳踢著地，一邊讓自己轉著，一邊想著，不久以前，當水族箱裡的魚都死光了的時候，李國忠還提議要去那條淹死劉宜靜和她祖母的溪裡游泳，把大家嚇了一跳。

吳偉奇想，如果劉宜靜沒有被溪水淹死，那李國忠的水族箱裡總共會有九條，而不是八條金魚，那麼，最先死的，會是哪條魚呢？無論如何，吳偉奇又想，照這種養法，魚遲早還是全部會死吧！李國忠這個人爲了安慰大家，還是會邀大家去溪裡游泳吧！但是，這時候，大家就不會被李國忠的提議嚇一大跳了。

但是，吳偉奇再想，如果劉宜靜根本沒死，就不會有他現在坐著轉著的這座地球儀，沒有這座地球儀，他，吳偉奇，就不會想起「如果劉宜靜沒有被溪水淹死」這件事，那麼，現在，他到底爲了什麼在想這件到底發生了什麼的事呢？

但是，吳偉奇還想，如果包括劉宜靜，大家都沒被李國忠的提議嚇到，眞的都跟他去溪裡游泳，結果，不巧劉宜靜又被同樣那條溪給淹死了，劉宜靜的爸爸還是送了同樣這座地球儀來學校，那麼，現在，到底是誰會爲了什麼在想這件到底發生了什麼的事呢？

這樣坐著轉著想著，吳偉奇突然覺得頭很暈，他想發點聲音，卻不知道該說些什麼，於是，他喊著：「劉宜靜、劉宜靜、劉宜靜……李國忠、李國忠、李國忠……何志勳、何志勳、何志勳……吳偉奇、吳偉奇、吳偉奇……」無論如何，吳偉奇想，他其實很喜歡去那條溪游泳的，溪邊有石灘、夕陽，還有不固定會從山壁的哪裡倒下來的清涼瀑布，他潛入溪底，起來的時候，耳鼓結了一層水膜，周遭的聲音都聽不清楚，只知道一定是愉快的。

紅暈的夕陽下，大片大片的雜木林洋洋綠著，天好像永遠也不會暗，他就坐在一顆暖烘烘的大石頭上，把自己晾乾。

「阿偉奇啊……阿偉奇啊……阿偉奇啊……」那是他的祖母，她走到大馬路旁的雜貨店前，要來趕他回家。他的祖母已經死了，他知道，他們拔掉她的氧氣管，摔了一張死亡證明在桌上。已經過了六年了，有一天夜裡，他父親坐在沙發上，突然淡淡地說，就明天吧，找人來拔管。

同屋的眾人，繼續默默看電視報明天的氣象。

吳偉奇和他的老師李國忠，坐在雜貨店前的長板凳上，吳偉奇問李國忠：「那一天，你找大家去游泳，你知道，爲什麼沒有人要跟你去嗎？」「哪一天……沒有人要跟我去游泳？」李國忠搔搔頭，想了想，他回答：「大概是……因爲……大家發現我很久沒洗澡了吧，哈哈哈。」吳偉奇直直看著前方，他沒有聽見李國忠說什麼，他想起，他應該爲他堂嫂買到兩包黃色的、硬盒的長壽菸，於是他站了起來，牽起捷安特。

李國忠問他要去哪裡？吳偉奇說，他要去找雜貨店老闆，張先生，他知道張先生會去哪裡——吳偉奇總知道山村裡的每一個人，該出現在哪裡。李國忠聽了很高興，握住捷安特把手，說：「一起去，我載你。」

「不要，」吳偉奇說：「你要去的話，我載你。」

李國忠說：「不行，我載你，我是你老師。」

「我載你，」吳偉奇說：「這是我的車。」

吳偉奇騎著捷安特，載著他的老師李國忠，在大馬路上前進。李國忠站在後輪輪軸的踏條上，左手搭著吳偉奇的肩膀，右手大驚小怪地指東指西，好像剛剛出獄的囚犯。吳偉奇發現，李國忠雖說在學校宿舍裡住了快六年，但對這山區好像很陌生似的，眞不知道他每天是怎麼過的，這種人，還敢規定他們每天都要寫日記，而且，還差點把自己撞死在山裡面。

剛開始寫日記的前幾天，吳偉奇覺得很苦惱，不知該記些什麼，後來，當他發現李國忠好像忘了這件事以後，就開始在筆記本上編故事，有一天，突然愈寫愈順手，現在，他每天最想做的事情，就是翻開筆記本，繼續寫下去。

吳偉奇寫，下午放學後，他和朋友一起打棒球，但是沒有人有辦法把球打出去，因爲球是一顆大大圓圓的鵝卵石，而球棒是一根細竹竿，最後，他那一隊，因爲對方投手接連的觸身球、暴投，再加上捕手一直漏接，以一比零險勝，打完球後，大家一起下山去看醫生。

他寫，今天，有一架飛機摔進山溝裡了，他指派他的堂侄子，有大學問的吳火炎，帶著開山刀和板斧，上山搭救。吳火炎劈開飛機門，聽到裡面有人喊：「阿火炎啊……」走出來的，竟然是吳偉奇的祖母，原來，這架飛機載的，都是早就死掉的人，他們參加陰間觀光團，想不到飛機失事了。活人遭遇飛機失事，就全死了，但死人遭遇飛機失事，就全部活了回來。

他寫，劉宜靜和她的祖母，也從飛機裡，手牽手走了出來，劉宜靜的祖母不再七孔吐水了，她對吳偉奇微笑著。劉宜靜也和以前一樣，一笑就讓人覺得好開心，她對吳偉奇說，你每天偷摘的指甲花，可以不用放在地球儀裡了，我的抽屜還是借你放。

他預備寫，有一隻母雞馱著菜刀，流著血，奮力飛進雜木林裡，眾鳥在林子裡爲母雞會診，鳥國之王，一頭大老鷹說，誰——就算是萬物之靈的人類——都難免會遭些意外，一點點傷死不了的。牠給了母雞一本農民曆，要母雞專心讀，牠一面爲母雞拔刀接骨，母雞勇敢而專注地讀著書，面不改色，片刻之間，大老鷹已用利喙拔起刀、接了骨，還在母雞的傷口上塗了藥，母雞馬上全好了，牠拍拍翅膀，很高興地生下一顆蛋。

沿著大馬路，吳偉奇奮力踩著捷安特踏板，覺得心情好多了。他看見路旁有一個人，頭戴墨西哥草帽，肩膀搭著釣竿，在路上閒閒走著，吳偉奇大聲對李國忠喊說：「那是阿喜露！」「喔！」李國忠對那人招招手說：「你好！」低頭又問吳偉奇：「誰是阿喜露？」

阿喜露的父親同吳火炎的父親一樣，很早就過世了，不同的是，阿喜露的母親，爲了怕惟一的兒子到處亂跑，不讓他出門讀書、學種田，也不讓他當學徒，臨死之前，她幫阿喜露討了位越南新娘，越南新娘騎腳踏車，去山下工廠工作，每天可賺新台幣六百元，她留下兩百元買電話卡，其他的都交給阿喜露。阿喜露每天提著釣竿，沿著溪岸逛來逛去，不管釣起的是溪哥仔，是泥鰍，還是放水流的死狗，他都只是微微一笑，把東西又丟回溪裡去。

「那是何志勳的爸爸！」「喔！你好你好！」何志勳的爸爸，騎著野狼一二五，後面籃子放著剛自市場買回的菜，和他們擦身而過。他是山村的理髮師，就住在學校對面，放學路隊走出校門時，他時常醉醺醺地從馬路對面衝過來，一把拎起何志勳，把他抓回家剃頭。何志勳的媽媽很久沒回來了，何志勳說這樣也好，免得被揍。何志勳的家裡有很多朋友，有烏龜、變色龍，還有一條青竹絲，他在班上養的金魚，活得最久，因爲放假時，他總是偷偷翻牆回到教室裡，跟他的魚說話，餵牠吃他獨家調配的「何氏續命丹」。有人還看見，何志勳頂著剛剃的光頭，用茶葉罐裝了他的金魚，帶牠到操場上散心。

吳偉奇指著旁邊樹叢喊：「那是警察蕭文龍和蕭明祥！」李國忠沒出聲。蕭蕭二人組把警車藏在樹叢裡，坐在車上抽菸，一根接一根，他們等著要抓路過的飆車族。每逢假日，總有城裡的人，特地開著螢光敞篷車、或是大輪子跑車，車上放著電子鼓聲，一輛接一輛，千里迢迢開到山上來撞山壁。對了，吳偉奇想，李國忠一定會過他們了，想到李國忠的車，他忍不住笑了起來。

又有一個人，騎著摩托車，喃喃自語，搖搖晃晃跨著兩線道，與吳偉奇錯車，吳偉奇喊：「那是阿全！」阿全有一天睡醒，覺得脖子很痛，他發現他父親，趁全家睡覺時把家人一一掐死，自己也喝巴拉松自殺死了。辦完喪事，阿全開始每天吸強力膠。有一天，他吸完膠，在山上甘泉寺後的草地上郊遊，被寺裡眾尼姑用各種法器圍毆，打得很慘，打到他發誓要信佛祖、改吃素。現在，每次吸完膠，阿全就自己對自己唸：「有情來下種因地果還生無情亦無種無性亦無生、我要戒了、我要戒了、我要戒了……」

吳偉奇聽見後面警笛響了起來，他想，蕭蕭二人組開動警車，要去抓阿全了。前方，又有一個人開拖拉機經過，吳偉奇告訴李國忠：「那是武雄伯！」武雄伯今年六、七十歲了，自己獨居，平時開著租來的拖拉機，幫人搬運東西、打零工，賺了錢，一半存在一個鐵罐裡，一半拿去看醫生、買藥吃。每逢選舉期間，有人登門拜票，他就平靜地對來人說：「少廢話，誰繼續讓我領每月八千塊的貧民補助，我這票就投誰。」前年，有個女人答應要跟他結婚，武雄伯二話不說，送給她沉沉一鐵罐，不久，他收到那女人寄來一盒喜餅——她嫁別人去了。武雄伯平靜地吃完那一鐵盒喜餅，繼續打零工、看醫生、買藥吃，把錢存在鐵盒裡。

又有一輛小發財車開過去了，吳偉奇說：「那是樹根伯！」「嗳。」李國忠應了一聲，他開始不耐煩了。吳偉奇笑著，他想，李國忠不知道，樹根伯就住在武雄伯家隔壁，而且武雄伯這輩子可能只和樹根伯吵過架，武雄伯說，他從來沒有看過有人像老樹根這樣會存錢的，一枚銅錢也要打四個結。樹根伯的太太，想打長途電話和嫁到外地的女兒們聊天，樹根伯嫌電話費貴，用八道鎖把電話機鎖起來，不讓她打，樹根嬸只好滿村遊蕩，拿一張用紅筆寫滿號碼的便條紙，到處串門子，說麻煩你，幫我撥這個電話。

李國忠問：「你眞的知道張先生在哪裡嗎？」

「快到了，」吳偉奇仍笑著：「不要急。」一面轉彎，朝大馬路旁的一道之字型緩坡小路騎上去。吳偉奇想，張先生眞是太好找了，如果現在拿出指北針，愈往山上走，會發現指北針偏移得愈厲害，最後，指北針的指針整個偏西沉定，指向小路底下一間冷泉室，張先生和他的戰友們，就泡在裡面。

張先生年輕時，和數千位家鄉青年一起被徵召、一起被人帶去攻打幾座小島，打了三天，島沒打下，張先生和幾十名沒死的同伴，身上嵌著子彈、鐵片與鋼板，也退伍了。他們被軍艦載著，飄洋過海，被放在現在的山區，一座廢棄的堡壘裡，展開長達大半生的療養生涯。

每天，他們穿著汗衫、短褲、長襪和膠鞋，整隊答數，在堡壘裡唱國歌、升國旗，但隊伍難得整全，因為只要天氣稍有變化，堡壘裡就好像中了瘟疫一樣，這時，每個人嵌在身上的舊子彈、鏽鐵片和碎鋼板，開始吱吱作響，刺骨鎖肉，吸一口氣，就感覺這口氣在受制的筋脈間衝突亂竄，渾身劇痛，站都站不起來。

負責背電話機的通訊兵張先生受傷較輕，只有左上臂中了顆子彈，他早早自斷左臂，下了山，在馬路邊開了間雜貨店，但其他人，有的中在緊要位置上，有的簡直一身鋼骨磁肉，知道在這個遍地鐵鎖的世界上，走也走不遠，更不能硬來，只能對自己的病痛示以懷柔，他們原地求索，找到一窟冷泉，在上面蓋了間浴室，整天浸在裡面。有空時，張先生就單手騎鐵馬，上山遞毛巾。

吳偉奇告訴李國忠：「找到了。」因為他看見張先生的鐵馬，就停在林間小路上。從傾斜的小路往下望，冷泉室座落在山坳裡，長方形的混凝土結構，像極了空襲時的掩體。吳偉奇停好車，領著李國忠走下坡，走進室裡。

李國忠適應了黑暗，看清楚了四周，他看見，天花板下沒有燈，四面水泥牆上發滿白黴芽，東西南北高高的四面窗，把光線引向一個半乾的大池子，池水呈醬紅色，池子邊、池子裡，掛著、翻著、滾著、躺著大批大批的腦袋、胳膊、肚皮與屁股，悄無聲息地，不知有多少人，面無哀喜、一絲不掛地擠在他面前，雖說是一絲不掛，但李國忠一個完全的肉體也沒瞧清楚，「這真的是……太……」李國忠想說些什麼，但吳偉奇搖搖手，叫他別說話，他向眼前的一團人肉，朗聲問道：「請問，張先生在嗎？」

靜靜地，人肉堆裡分出了張先生，張先生穿著短褲、披著大毛巾，側身走到吳偉奇和李國忠面前，站直了，李國忠看著，突然又哭了，他衝上前，左手緊緊抓住張先生的手腕，右手直拍自己左手手背。

李國忠說：「張先生……我覺得您今天……好完整！」

「來得正好，」張先生任他抓著拍著，轉頭對吳偉奇說：「你堂嫂剛剛過世了。」

「……？」

「剛剛，你樹根嬸在吳火炎家打電話給你武雄伯，你武雄伯打電話給你阿海叔，你阿海叔打電話給王代表，王代表上山挖竹筍時經過這裡，順道告訴了我。你樹根嬸說，是吳火炎給她撥電話，要她通知大家的。」

「誰？」片刻後，李國忠回過神來，問：「怎麼回事？誰死了？」

吳偉奇深吸了一口氣，開始慢慢爬上小路。他心裡有一種奇異的感覺，好像突然不知道，今天的日記該寫什麼了。對了，過了很久他想起來，今天是四月四日婦幼節，婦幼節過了以後是清明節，清明節的目的，是爲了祭祀親祖亡靈，假期在紀念亡靈中結束，他接著又要上學了。

他騎上捷安特，順著小路往下滑，李國忠在後面哭喊：「喂！等等我啊！」他聽見了，只是他不知道他的老師李國忠爲什麼要對他喊，他覺得自己已經浪費很多時間了，天快黑了，應該趕緊回家了。家家戶戶都要吃晚飯，好比劉宜靜家，劉宜靜的媽媽煮好了晚飯，劉宜靜的爸爸和弟弟都上桌了，門打開了，劉宜靜的祖母和劉宜靜，全身濕淋淋走了進來，劉宜靜的爸爸問，怎麼這麼晚？劉宜靜的祖母說對啊，路上下大雨，耽誤了時間。劉宜靜的爸爸問劉宜靜，妳也快畢業了，我想送個紀念品給學校，妳說送什麼好？劉宜靜眨眨亮亮的眼睛，想了想，說送溜滑梯好了，別送那種轉個不停、叫人頭暈的東西。

好比何志勳家，何志勳和他爸爸正一起吃飯，電話響了一聲，只響一聲，何志勳知道這是暗號，晚一點他媽媽會再打電話給他，何志勳的爸爸也知道，他鼓著滿嘴飯菜，指了指電話下的五斗櫃，說櫃裡有一套他新買的洋裝，他仔細跟何志勳描述洋裝的顏色、樣式與價錢，他問何志勳，你記得住嗎？何志勳說我記住了啦，何志勳的爸爸點點頭，喝了口湯，說那就好，你有沒有發現我最近正在戒酒？何志勳看看他爸爸，一面在桌下抹抹手，把指甲縫裡的粉末摳在褲管上，那是他精心研發、無色無味的「何氏奪命散」，他原本打算下在菜湯裡的。

好比阿全家，阿全的爸爸提了幾便當盒的茶鵝、烤鴨、白斬雞和一袋巴拉松回家，說今天我請大家吃大餐。阿全的媽媽說，哈哈你眞健忘，你忘了你已經請我們吃過這些東西了，而且接著把我們都掐死了嗎？阿全的爸爸問，是嗎？我已經做過了嗎？老天，我的記憶力好差，哈哈哈。阿全倒了兩杯巴拉松，說畢竟空相中其心無所樂虛誑等無實亦非停心處爸我敬您一杯。

好比吳偉奇家，他們一起吃著晚飯，他的祖母從臥房裡走出來，說好餓啊！吳偉奇的爸爸說，哎呀媽妳醒過來了啊！眞好！有件事掂在我心裡好幾年，想跟您說，但總聯絡不到您，我思來想去，覺得好難過，來，我跟您商量商量。

好比吳火炎家，幾十年過去了，鯊魚似的吳火炎找到母雞和菜刀了，他對母親說，眞對不起，我不知道妳今天就要走了。吳火炎想起母親常問自己：「如果我死了，怎麼辦？」他知道他母親想問的其實是：「如果我死了，你會難過嗎？」他們相依為命了整整半世紀，到了末了，他母親好像只想確定這件事。

「誰死了？」吳偉奇問自己，他在小路與大馬路交接的三叉口上停下捷安特，他看見，遠遠的地方有個身影向他走來，但天黑了，他辨不清那身影是誰。他扯起嗓門，一一呼喚所有他記得的名字，眞實的、虛構的，死的、活的，神、人、鬼、獸，他想，無論如何，那身影，總不會吝於回應他一聲。

四周安靜極了。

什麼東西掉在吳偉奇肩膀上，吳偉奇回頭一看，是李國忠的手

我

我們不是來台北，就是離開台北，我們不是往南離開，就是往北靠近。
一個地方可以大到這樣一點都不抽象，一切好像都可以很確定的樣子。
我想，光是這一點，我就決定要留在這裡了

我叫林士漢，今年二十四歲，我目前的工作是建築工人，其實高職時我念的是國貿科，當完兵後，我把所學的全部忘光了，爲了留在台北，找了這份臨時的工作。這一年，我們在幫一所大學蓋一棟活動中心，我們從工程的開始一直跟到最後，從挖地基開始，現在已經進入了整平建築內部的階段了。我的搭檔阿治很討厭這個階段的工作，他常抱怨要換下一個工作，他說：「貼廁所的磁磚不如去挖捷運。」我找不到理由說服他，只好跟他說：「捷運已經挖得差不多了。」他說：「智障，台北市的廁所才挖得差不多了。」

這是一所很好的大學，從外面看，就像一座森林一樣，我姊姊以前就是念這所大學的。阿治是我的夥伴，也是我的室友，我剛到台北的時候，聽說後車站有人在找臨時工，就去看看，阿治和一群人就蹲在那裡等工頭的車。我每天都去，有一天，阿治問我住在哪裡，我說：「台北。」阿治問我要不要跟他一起租房子住，比較省錢，他說：「我還有一台電視，怎麼樣？」我想想也好，下了工，就和阿治一起去找房子，我問阿治爲什麼要搬家，他說：「哪有爲什麼，搬就搬了。」後來我們終於找到了現在住的地方，這是一棟四層樓的宿舍，房東他們住在一樓，其他的三層樓，都用水泥隔成一間一間的房間出租，每一間大概四五坪大小，大一點的可以住兩個人，有七八坪大小。看房子那天，阿治在牆上到處用力敲，嘴裡直說：「不錯，不錯。」地板是磨石子地的，阿治也蹲下去仔細看，讓房東很不高興。

這裡的房客我到現在也還是不認識，有的是上班族，有的應該是學生。四樓頂是一個平台，有一個用鋼筋架起來的，很高的屋頂，地上到處都是碎水泥塊和破磚塊，看起來像是被拆掉的違建。平常沒事的時候，我們就在平台上抽菸，看看旁邊高架橋上的車流。房子後面的死巷裡，常常有一個老人蹲在那裡，一動也不動，附近有些小學生放學了，常常跑去逗那個老人，對他大吼大叫，拉拉他的衣服，有幾次還拿石頭丟他，阿治下去趕過幾次，後來我發現，那些小孩要進巷子以前，都要抬頭先看看阿治在不在樓頂，也許他們現在覺得，逗樓上的阿治比較好玩。一直到昨天，那個老人都還蹲在那裡。

搬家的那一天，我和阿治各自拿著自己的東西搬進來，我的東西不多，阿治的東西裡，最大的也就是那台三十二吋的大電視。後來我發現，阿治眞的很愛看電視，我們剛把東西整理好，他就不知道從哪裡去牽了第四台的線。他的話很少，可以整天坐在房間裡面看電視，尤其是關於他自己的事，你問他，他絕對不回答，我有時候會故意逗他說話。有一次，我唸書上的句子給他聽，我說：「阿治，阿處哭處拉魯那一卡濤馬斯，是什麼意思？」阿治回頭瞪了我一眼，說：「你在放什麼屁？」我說：「這是『人畜平安啊！神！』的意思。」我問阿治：「這不是你們的話嗎？」阿治又轉過頭去，盯著電視說：「不知道，沒聽過。」我說：「那你講幾句你們的話給我聽聽。」阿治說：「放屁，哪有說講就講的，又不是變魔術。」

遇到下大雨的時候，我們不能上工，阿治就要打電話到處去問哪裡需要工人。阿治認識的工頭很多，我們做過大樓清潔工，也做過搬運工，阿治很有義氣，總是說：「我們這裡有兩個人。」等工作的時候，阿治會連電視也看不下去，這時候，他的話才比較多一點。有一次，他問我這麼多書是哪裡來的，我給他看我的借書證，阿治看看借書證，又看看我桌上的書，他問我：「如果你不把這些書拿去還，他們會怎樣？」我說：「不還就不能再借，你如果超過時間，也會被罰一段時間不能借。」阿治說：「就這樣？」我說：「對。」阿治想了一想，又說：「他們不能罰你錢，也不能打你，只好這樣規定，你知道這是什麼意思嗎？」我說不知道，阿治說：「這是說他們拿你沒辦法，你知道這是什麼意思嗎？」我又說我不知道，阿治說：「這是說這個世界上，讀書最好了。」雖然這樣，他自己卻從來不看書，我的書如果占到他的位置，他就會很不耐煩地把書統統堆到電視上，堆在電視上的東西表示他不要了，他如果在戒菸的時候，也會把菸灰缸放在上面。

我問阿治，爲什麼他想要去蓋捷運，他說，這樣比較有成就感，你從一個地方開始工作，一段時間以後，你就到了另一個地方。我不覺得這樣有什麼奇怪的，我告訴阿治，如果你坐飛機到一個很遠的地方，因爲速度太快了，超過我們習慣時間的速度，你就會得到時差，有時差的人，會一整天睡不著，或一整天昏昏欲睡，阿治說這沒什麼了不起，他平常時就是這樣。但阿治其實很少失眠，有時候晚上睡不著時，我躺在床上聽著上鋪的阿治，發出均勻的鼾聲，有時候我會起來看著他，看著這麼高壯的一個人，也屈著身體，安安穩穩地睡著了，那時候我會覺得，時間眞的是一種很不可思議的東西。

我有時候會覺得時間很不可思議，大部分是因爲我姊姊的關係。我姊姊大我六歲，我上小學的第一天，我姊姊帶我到小學門口，要我自己進去，她說她已經畢業了，現在要去念國中，然後，她在我臉上狠狠捏了一把，跟我說：「乖一點，放學以後敢迷路你試試看。」我把她的手用力甩開，頭也不回就進校門了，那時候，我覺得我姊姊太小看我了，在我們那個只有一條大馬路的小漁村，一個人怎麼可能有辦法迷路？現在我明白，事情原來不是這樣的。

我們家和那所小學，都在村子的大馬路旁邊，走路的話，大概要走十五分鐘，後來我看地圖，發現我們的村子，其實就是一條道路上的一個點，一邊是基隆，一邊是北海岸風景區，在詳細一點的地圖上，你可以查出，它距離基隆有多少公里，距離下一個風景區又有多少公里，我想，住在這樣的地方，大概免不了是要離開的。我小學三年級時，我姊姊考上了台北的高中，只有放假時才回來；我國小畢業時，我姊姊考上了台北的大學，只有高興時才回來。這似乎是很自然的事，但那時我覺得，我姊姊每次回家，都可能帶著一個驚人的消息。有一天她就這樣若無其事地告訴你，她考上大學了，有一天她就這樣告訴你，她自己可以賺錢了，有一天她就這樣告訴你，她不念大學了，她要去結婚了，有一天她就這樣消失，再也不回來了。

我姊姊最後一次回家，是一個傍晚。我姊姊一進門，問我在做什麼，我說不會看嗎？我在掃地。我姊姊很有趣味地看了我一會，她說你現在念國三了吧，我說廢話。她問我國中好不好玩，我瞪了她一眼，她又問我有什麼可以吃的，我就去炒了飯。她一面看，一面大聲誇我好厲害，我覺得她當我是白癡。吃完飯，我姊姊去自己的房間收拾了很久。很晚的時候，我媽媽回來了，我姊姊就到客廳，等我媽媽卸完妝出來，我姊姊告訴我媽媽，我不念書了，我明天結婚。

我眞的嚇了一跳，我媽媽沉默了很久。我姊姊問她，妳沒有問題要問嗎？我媽媽似乎是認眞的想了一下，她問我姊姊，明天什麼時候，我姊姊說，明天早上，在台北，你要來嗎？我媽媽點點頭，我姊姊說，那就好，說完就回房間去了。不久，我媽媽也去睡覺了，我一個人在客廳看電視，看了很久。第二天早上，我幫我姊姊拿行李，在基隆等火車到台北。我、我姊姊和我媽媽在月台等車時，月台上有很多正要去上學的學生，我覺得我們眞像要去旅行一樣。我想，如果這稱得上是一次旅行的話，那還是第一次，我們三個人一起出去玩。

早上我姊姊先去公證結婚，我們見到了新郎。下午在一家餐廳請吃喜酒，來了很多人，很熱鬧，一直有人拿樂器上台演奏，忽然有人在新郎頭上一掀，把新郎的假髮掀下來，原來新郎留著長頭髮。每個人都來向我媽媽敬酒，我媽媽始終默默不說話，我在旁邊聽了很久，才弄清楚新郎的名字，他是一個樂團的吉他手。喜酒結束後，我姊姊好像喝醉了，我去扶她，她舉起手，好像要捏我，我沒有躲，但她突然一拳打在我肚子上，說，小弟，要乖一點，我以後都不回家了。我看著我姊姊，她笑得很開心，整張臉紅紅的，我想，她做這樣的決定，心裡一定很痛快吧。

我和媽媽坐火車回基隆時，我媽媽問我冷不冷，外套能不能給她穿，我脫下外套，我媽媽披上了，就在火車上睡著了，我看著我媽媽，我想，她也喝多了。其實，我眞爲我姊姊覺得高興，那一天，在火車上，我第一次仔仔細細地回想這一切發生的事，有關於那些過去的時間，我想，如果我能像我姊姊那樣聰明的話，也許我就能夠明白，是什麼使她變得這麼堅強的吧。也許，我也能夠稍微體會，我媽媽的心情了吧，但是沒有辦法，我實在是太笨了。

我小學六年級時，有一天早上，我爸爸騎著機車，說要去追烏魚，從南方澳搭漁船出發，一直跟著烏魚到南部去，之後他就失蹤了，我媽媽好像到處去找了幾次，還帶我去南方澳的漁會鬧。我姊姊放假回來，問我媽媽，爸爸眞的說要去捕烏魚嗎？有人這樣抓烏魚的嗎？我媽媽又不說話了，我姊姊也不說話，到了晚上，我姊姊找我去問話，她要我仔細回想，爸爸失蹤的前一天晚上，有沒有發生什麼事，我說我想不起來了。

我是真的想不起來了，好像沒什麼特別的事發生，我爸爸還是像平常那樣懶懶散散的。他雖然是個漁夫，但是印象中，他待在陸上的時間似乎比較久，他騎著機車去追船，大概比坐著漁船去追魚的時間多一點。我告訴我姊姊，我只記得，一直到那一天之前的前幾天，我都還在生他的氣。有一天我放學回來，在家裡到處找不到鐵絲，我爸爸問我在找什麼，我說，找鐵絲，明天美勞課要用，我爸爸說，怎麼那麼麻煩，就幫我找。他也找不到，他走到外面，看見牆壁旁一根竹掃把上圈了幾圈生鏽的鐵絲，就把掃把給拆了，把鐵絲交給我，然後他踢了踢那堆散成一團的竹枝，叫我鐵絲用完了記得把掃把圈回去，免得媽媽囉唆，就跑到一邊去抽菸了。我看看他，覺得這下糟了，我就知道事情一定會變成這樣，所以平常我很少找他幫忙。

我姊姊聽完，問我說還記得什麼，我說沒有了。我姊姊問我前一天晚上有沒有人來家裡賭博，我說那天沒有，我姊姊說，這就奇怪了。我姊姊突然告訴我，爸爸很會賭博，從來沒輸過，大家都跑來家裡賭，就表示他們也承認爸爸很厲害。我姊姊問我記得喜仔叔嗎？我說記得，我姊姊說他不是每次都輸得蹲在椅子上賭嗎？我說媽媽不喜歡爸爸賭博，有一天她拿菜刀，把大家趕跑了，連爸爸也被趕出門。我姊姊說她記得，她也不喜歡爸爸賭博。

農曆過年之後，爸爸還是沒有回來，媽媽去找了一份正式的工作，在村子裡的那家金北海活魚三吃當招待。那一年，姊姊考上了大學，我升上了國中。從那之後，我發覺我經常一個人在家，我媽媽大概睡到中午才出門工作，很晚的時候才回來，我想，要是我一直躲在家裡沒去上學，我媽媽大概也不會發現。一開始時，我眞的這樣做，不知道爲什麼，我開始很喜歡一個人躲在家裡，在我們這個每個人都出門沒有回來的家，我突然有了比以前從來沒有過的耐心和好奇，去一點一點尋找我以前沒有注意的角落。我潛入姊姊的房間，這個房間對她來說，更像是一個倉庫，她在緊鄰馬路的那扇窗戶加了窗簾，整間房子陰暗潮濕，她讀過不要的書，還有她穿不下的衣服，在桌上，在地上，在床上，一堆一堆地堆疊成某一種特定的高度，我想，那大概是她伸起手可以不費力搆到的地方，那些東西就這樣被保留下來。

　我媽媽的房間也一樣塞滿了東西，用壞的舊電鍋、熱水瓶，我小時候的玩具，還有一疊又一疊的舊報紙，有些東西，儘管只剩下一小截殘骸，我媽媽還是一樣，把它們塞在床底下，衣櫃裡，梳妝檯櫃子裡，和任何一個角落。我發現了一本舊筆記，仿牛皮的封面，裡面居然是爸爸所寫的，在第一頁，爸爸寫了「航海日記」，還大大的簽了自己的名字，裡面大部分的紙張都被撕掉了，剩下的，大概不斷地重複這樣的話：「今天又荒廢了一天，明天應該好好努力。」

「今天又荒廢了一天，明天應該好好努力。」

「今天又荒廢了一天，明天應該……。」

中間還有一頁這樣寫著：

「今天發生了一件事，我被王億萬船長毆打，我沒有偷懶，也沒有做錯事，王船長喝醉酒，沒有原因就動手打我，我們一起的劉天生和王明龍都可以做證。」下面是我爸爸和其他兩個人的簽名和日期。

一段時間後，我又開始每天準時上學，不知道爲什麼，我再也不敢一個人待在家裡了。我不記得缺席了多久，我跟老師說我生病了，老師和同學們都沒有多問，我想，我缺席這段時間的長度，他們大概覺得正好合理，可以接受吧。我每天很早到學校，放學後也拖延到很晚才回家。過了一段時間，我姊姊回家住了幾天，有一天，我姊姊又找我去問話。我姊姊問我，妳知不知道媽媽有時候晚上會偷偷跑出去，我說我大概知道吧，我姊姊說什麼叫大概知道，她問我知不知道媽媽跑去哪裡了，我說我不知道，我姊姊叫我以後注意一點。

有一天晚上，我睡著了，我姊姊大聲敲我房間的門，把我吵醒，她問我幹嘛把門鎖起來，我說不行嗎？她叫我跟她到外面去，我們就走出門，站在門外的大馬路邊。晚上很冷，風從附近的海邊直灌進來，鑽進我的褲管，咬著我的腳，黑暗中，狗懶懶地叫了幾聲，又走遠了，我覺得很想尿尿，就問我姊姊到底要做什麼？我姊姊說，我們等，等媽媽回來。

這樣等了很久，我覺得天都快亮了，然後，有一輛汽車在馬路轉角邊停了下來，靜了很久，車子倒車開走了。我媽媽慢慢從轉角走出來，慢慢走近我們，我姊姊看著我媽媽，我看著我姊姊和我媽媽，我媽媽什麼也沒看，推開門，進到屋裡去了，過了一會，我姊姊叫我去睡覺，也進屋去了。

以後有很多次，我姊姊會一言不發地把我吵醒，要我一起站在外面等。我問我姊姊，如果她一直注意著媽媽，爲什麼不在媽媽出門時就攔住她，我姊姊沒有回答我。在等待時，她也一直保持沉默，在馬路邊，如果狗吠得太大聲，或是誰家的燈突然亮了，我姊姊也會稍稍地顯得不安。我站在那邊，忍著睡意，交替著把重心放在不同的兩腳上，看著我姊姊的影子一下被拉長，一下被縮短，和黑夜裡偶然出現的光合在一起。我想，在這個只有一條馬路的小村子，要眞正保有什麼祕密，大概是非常困難的吧。

我姊姊一定也明白，有時候我有一種衝動，我想問問我姊姊，這麼做到底有什麼「意義」？我想帶我姊姊，去看看媽媽的房間，那個在床底下，在任何角落，都塞滿了東西，陳舊潮濕的房間。我想，這樣也許我姊姊就能明白我的想法，因爲當時，即使是現在，我也不知道應該如何向她說明。我記得有一次，我姊姊問我，知不知道什麼叫「嫉妒」？我說我不會解釋，老實說，我經常不記得那兩個字要怎麼寫，我記得我姊姊低頭一會，又抬頭盯著馬路盡頭，那輛汽車每次都在那裡停下的轉角。

後來，也許不完全是因爲我姊姊的關係，這些夜裡的等待終於有結束的一天，我姊姊得到了勝利。我姊姊結婚，宣布她永遠不回來了的那一年，我考上了基隆的一所高職，每天通車上學，日子在看不相干的書中度過。我媽媽還是日復一日在中午起床，化好了妝，去金北海上班，金北海的生意突然好了起來，大概在台北附近的一些地方，生意都會輪流好起來吧。

我當兵的時候，有一天放假回來，發現村子裡那段大馬路正在拓寬，鄰近的房子都被剷去了一半。我在小學旁的臨時站牌下車，發現小學的校門不見了，我走回家，發現我家只剩下一半，我家的客廳，我和我姊姊的房間都變成了馬路，我媽媽的房間，正對著大馬路，從地板到天花板，結結實實地塞滿了我家的東西。我站在那裡看了很久，看著假日的車潮一輛一輛從我家前面慢慢通過，然後走到金北海去找我媽媽。

我媽媽請了兩小時的假，帶我到小學後面的空地上，用三角板搭起的臨時住所。我媽媽住的地方，大概有十坪大小，我媽媽說等馬路鋪好了，政府會幫我們蓋新房子，房子雖然只剩一半，但政府會蓋二樓做補償，所以大小還是一樣，還多了一個樓梯。我看著馬路上捲起的灰塵，告訴我媽媽，我們的政府眞有魄力。我媽媽笑了，這麼多年，除了看電視時的傻笑，我眞的第一次看她笑。我回頭看看媽媽住的地方，發現牆角堆了很多沒有開封的小家電，光是果汁機就有三台，我問媽媽這些要做什麼，我媽媽說，現在這裡每個禮拜都有流動夜市，這些是買來的，很便宜。我媽媽問我退伍以後要做什麼，我說，找工作，去台北。我媽媽說這樣也好，她在屋子裡看了一會，像是要看看有什麼東西可以給我，最後，她問我要不要帶一把吹風機走，她買了很多，我脫下我的帽子，指指我的平頭，笑著說，不用了。

就這樣，退伍後，我也來到了台北。一開始，我根本沒有心情工作，只是租了一個小房間，每天無所事事的，照著出現在腦海裡的，曾經聽過的那些地方，一個一個去看看。有一次，我也登上了那個摩天大樓，去看看台北市的街景，我想著，如果從這裡往外面看，那麼方向突然變得很清楚，反正這麼多馬路、橋、高速公路、鐵路上，這麼多車子，我們不是來台北，就是離開台北，我們不是往南離開，就是往北靠近，一個地方可以大到這樣一點都不抽象，一切好像都可以很確定的樣子，我想，光是這一點，我就決定要留在這裡了。

昨天整天雨下得很大，阿治跑出去喝酒，傍晚回來的時候，他把菸灰缸從電視上拿下來，坐在那裡抽菸，然後，他叫我跟他一起去平台上看看，他告訴我：「我明天就要回家了。」我想了想，我問他：「你家在哪裡？」他說：「屏東，在恆春那附近。」我說：「所有的屏東都在恆春那附近。」他就把他的身分證拿給我看看，我才知道他叫許文治，大我五歲。他說小時候大家都叫他死蚊子，因爲他長得很高，又比較瘦，很像一隻蚊子，我說：「阿治好聽一點。」我問他回去以後要做什麼，他說不知道，也許開一家雜貨店，他家就是開雜貨店的。

我說那他就不叫「開」雜貨店了，因爲他家本來就是雜貨店，阿治說：「那要怎麼說？」我說：「我也不知道。」阿治說反正就是那樣。他問我還要留在台北嗎？我點點頭，他說：「那好，電視送給你。」他想了想，又說：「那個第四台的線，如果你怕被抓的話，可以把它拆了，如果想看，可以去找人來接，反正你還要住在這裡，還是，你也可以搬到比較便宜的地方。」我告訴阿治別那麼囉唆，我自己知道怎麼做。

阿治不說話了，我也不知道應該說些什麼。我們看著還蹲在樓下的那個老人，他還是一動也不動，雨已經小了很多，我說：「活動中心已經快要蓋好了。」阿治點點頭，說：「好不容易。」突然，那個老人站了起來，跌跌撞撞地往外跑，從我們這裡往下看，他簡直就像在跳舞一樣，我和阿治一起大喊：「小心啊。」但是已經來不及了，老人被高架橋下經過的一輛車子撞上，整個人在車頂翻了幾圈，面朝上落在柏油馬路上。我想要衝下樓去，但阿治攔住我，他說：「來不及了，現在大家都擠到那裡去，去了也只是擋路。」於是我們站在那裡看，人群中，有人用行動電話報了警，大家聚在那裡指指點點，沒人敢去碰那個老人。我很緊張，抓著阿治的手臂，救護車來時，我好像看到正有一個血泡，在老人的鼻孔上，被一點點氣息吹得愈來愈大，慢慢的，好像一隻結好網的蜘蛛那樣，從老人面目模糊的臉上，一點一點，橫移開來，不知要走去哪裡。救護車走後，阿治告訴我：「下樓吧。」

今天早上，我堅持送阿治去火車站，我買了月台票，我們一起在地下的月台等車，我告訴阿治，我印象中最深刻的月台，是在基隆。基隆是一個很奇怪的地方，在火車站附近，你可以一直走在天橋上，不碰到陸地，大家都在天橋上走路、賣東西，有些房子的大門，就接著天橋，連那山腰上的房子，遠遠的看，都像一座橋。阿治點點頭，說：「那個地方下太多雨了，地也不平。」

送走阿治後，我慢慢從車站走回來，我想起了那個老人，我想，長這麼大，第一次看到有人流那麼多血，而且可能會死掉。我看的書裡，有很多充滿了痛苦的吶喊，但他們一本一本擺在書架上，擺在櫃子裡，看起來，又是那麼整齊安靜，就像現在街上這些人，每個人都是保持安靜地走著，一步一步地。這麼一想，時間眞的是一種很奇怪的東西，但有時，我覺得時間也沒有那麼奇怪，事實就是，我二十四歲了，阿治二十九歲了，我姊姊三十歲了，我媽媽五十二歲了，而我爸爸，如果他還活著的話，也已經五十八歲了。

我眞心希望那個老人沒事，過幾天，他又可以蹲在那裡，我會像阿治那樣，幫他趕走那群頑皮的小學生。我想，這眞是一個自私的希望，我希望，我也能有一次機會，能看見在這個只會愈來愈老，愈來愈接近一個終點的時間裡，有一個人，像是倒轉時間一樣，恢復了過來。這個城市就像不時在變動一樣，即使是閉上眼睛，還是能清楚聽見，各種拆毀和建造的聲音，遠遠近近的。再遲鈍的人，即使像我一樣，也終於能夠聽見，不知道爲什麼，在應該覺得輕鬆快樂的時候，我只覺得，很難過。

——本文獲一九九九年台北文學獎短篇小說評審獎

假日

外公大力抓抓我的頭，他說你要把我嚇死啊你騎得差不多就該騎回來怎麼這樣一直騎下去害我走了半天路，我說外公我沒有要害你我已經學會騎車了但路它自己沒有了。

路它怎麼自己沒有了。

十一歲那年暑假的某個星期天，外公教我騎機車。我以為今後我的人生，將會像我大多數的男同學一樣，他們勉強混完國中，開始過幾年無照駕駛的日子，每天騎車到鎮上工廠工作。順利一點的，他會在十八歲左右，和工廠的女同事結婚——也許她還是我們的童年玩伴，更順利一點的，在他入伍時，他們所生的第一個小孩已經在牙牙學語了，然後他會在放假回家時，抱著小孩坐在門前乘涼，把軍歌唱成了兒歌。抱著這個對任何聲音感到同樣好奇的小孩，他感覺自己的人生彷彿也重新開始了，但他知道，往後不會再有什麼不一樣的事情發生。

愛情，和工作後的閒餘時光、一輛行駛中的機車，與一條十六公里長、永遠在修補拓寬中的柏油馬路有關。在那為期甚短的騷動與試探裡，十六七八歲的他剛從工廠下班，渾身汗臭，和著機械污油或石綿瓦屑的刺鼻味道，他把工作服的短袖筒捲到肩膀上，發動機車，小心翼翼、亦步亦驅地跟在他所心愛的女孩車後，每天他都這樣跟著機車的引擎聲，直到女孩回到自己家裡，沒和他說過一句話。直到有一天，女孩在半路停下來等他，如果女孩沒有當場斥責他，他就會急切地把聽來的，或是在熱切盼望中自己想像出來的，關於愛情的誓言與遠景，顛亂倒置一口氣全說給女孩聽。然後女孩默許了。在騎車返回自己家的途中，他快樂地想哭，他催緊油門，恨不得天趕快暗下再亮起，這樣他就能再回工廠工作，他發誓永遠戒掉剛染上不久的菸、酒和檳榔，或至少戒掉其中兩樣，或至少，戒掉其中一樣。十六七八歲的他真的相信，憑自己的勞力，他可以讓許多人活得更好，更有希望。

不，或許在這樣一個小村莊裡，什麼都和工作後的閒餘時光、一輛行駛中的機車，與一條永遠在修補拓寬中的道路有關。十一歲的我鼓著不知哪裡來的勇氣，請外公教我騎機車，外公一口答應了。我們站在大馬路旁，旁邊立著外公心愛的火紅一二五，外公以一種無人能夠理解的方式，示範如何騎機車，他說：「這樣這樣，車子就發動了，要停下來，就把剎車按下去。」然後他問我：「這樣你會了嗎？」

我說：「我會了。」外公站到一旁，側身，百無聊賴看著他身後低低的溪谷。馬路另一邊是高高的山壁，山壁上比人身還粗的蕨樹，那時還不服輸地往馬路上橫長，形成惟一的蔭涼處。外公在陰影裡，盯著溪流上的某一點，溪流在熾熱的陽光下靜靜地流，外公嘴裡嘟囔著，不知在想些什麼，過了很久，外公一轉頭，發現我還站在原地，嚇了一跳，他說：「你在幹什麼？你怎麼還在這裡？」

我不知該如何回答他。「來來來，」外公推著我說：「不要呆站在這裡看，你要坐上去，發動車，騎出去，騎的時候不要轉頭看，也不要管車頭上寫的油剩多少、速度多少，只要專心看著前面，車還在走，你人還在車上，一切就都沒問題。」

那一天，我學會了如何騎機車。

那天外婆第一百零一次離家出走，她獨自一人，拎了一口裝菜用的塑膠袋，在大太陽底下走了一小時，翻過一座山到我們家來。到的時候，她全身還在噴汗，像一朵正在下雨的雲，我們都不知道拿她怎麼辦，只好等著。果然，外婆才洗好臉，在我們家客廳坐定不到一分鐘，外公就騎車追來了。

外公在前庭停妥他的火紅一二五，臉不紅氣不喘地出現在我們家客廳，用一種「她又來打擾了，眞過意不去」的表情對我們笑，汗都沒流一滴，外婆於是更生氣了。然後，外公、外婆、父親和母親，窩促在我們家悶熱的客廳裡，開始很長時間的冷戰，偶爾父親會起身敬外公菸，偶爾外公會撇幾句「妳別亂了，讓後輩見笑」這樣毫無意義的話，我趁機跑到外頭，仔細觀察外公的愛車。父親也一直很想買輛這樣的車，但他一直沒有閒錢，每天早上，他坐在門前樹下抽菸，等他的朋友繞山路過來，載他一起到小鎮另一頭的礦場工作，每天他都向他的朋友道歉，然後他的朋友會笑著拍拍他的肩膀，這已經成了一種習慣。

祖父靜悄悄站在雜木籬外，招手叫我過去，他問我家裡來了什麼人，我回說是外公和外婆，祖父問：「他們又在吵了？」我說是。我拘謹地看著祖父的臉，那張臉向來沒什麼表情，發作人時也是冷冷的。良久，大概看我很不自在，祖父勉強對我笑笑，揮揮手說：「沒有事，你回去吧。」他輕呼一口氣，扛起鋤頭，逕自又回田裡去了。

我跑回客廳，發現大家終於吵開了。母親對外公說：「你有什麼事慢慢說就好了，不要大聲罵阿母。」外公說：「我也不過講她兩句，她轉頭就跑，我唸她，錢也不收好，讓人登門踏戶就拿走了，我這樣說，甘有不對？」母親說：「一點點錢，就準作不小心弄丟就算了，何必這樣鬧？想想看你們都幾歲人了。」

沉默。外婆說：「我又不是挑故意的。」外公說：「我也沒說妳是故意的。」

沉默。外公說：「光頭烈日走那麼久，妳也不嫌累，做人阿媽了還這麼小姐脾氣，讓人看衰。」外婆說：「我歡喜走路運動啊，你追來作啥？」

沉默。我大喊：「阿公，你教我騎車好否？」

「什麼？」

「你教我騎車好否？」

「你愛學騎車？好啊，我教你騎車。」

「亂來，」父親對我說：「你十幾歲囝仔，跟人學什麼騎車？有閒書不會多讀一點，休熱了後你就要升國中了你知不知道？還這樣歸日只想要踢跎，跟不上陣。」外婆說：「對啦，阿文仔來，阿媽跟你說，你是讀冊囝仔，我們不要跟一些阿理不達的人學，歸日相他那隻破車人就飽了，騎車危險啦。」

「騙狷，」外公生氣了：「我就不信騎車有多危險，會吃就會放，會放就會爬，會爬就會行，會行就會跑，會跑就會曉騎車，來，阿公來教你騎車。」「阿爸……」父親還想說些什麼，外婆止住他，外婆對父親說：「阿牛仔你別睬他，他又在老番癲了，等下你兒子如果擦破一點皮，我們再看他要怎麼賠我們。『會行就會跑』，騙猶，會跑甘會飛？」「妳作妳放心，」外公對外婆說：「妳作妳放心，阿牛仔你兒子若擦破一點皮，恁爸就不是他阿公，走！」說完，外公拉著我的手，頭也不回地往門外走。

那天我就是這樣學會騎車的。下午，我載著外公凱旋歸來，外公渾身亂顫，嘴裡大聲誇讚我，我想像，當大家看到我，都會承認我已經在半天之中長大了，然而，當我們回到家時，所有人都不在。

我看看四周，嘗試以一種成熟的喉音對外公交代：「可能是去田裡了，等一下就會回來。」「不對，」外公從客廳走出來說：「我看，你阿媽又走回去了，走。」外公又發動機車，他說：「幹，我歸日跟她追來追去就好了，什麼代誌都免作，準作汽油不用錢買嗎？」我微微頷首，表示這的確是件嚴重的事，我說：「莫法度啊！因爲你在『愛』她嘛！」外公又被我嚇了一跳，他大力抓抓我的頭，發動機車，載著我，再去追外婆。

我們在路上追到外婆和母親，外公問外婆說：「妳還要用走的回去？」外婆說：「對啊，不行是嗎？」我們下車，外公推著他的火紅一二五，默默跟了一段路。「好啦，」外公停下腳步說：「我騎去頭前等妳，妳再走一陣，就上車，我載妳回去，人妳女兒自己也有正經代誌要做，妳不要這樣耽誤人啦。」外婆看看外公，然後說：「好啦，你騎去頭前等我。」於是外公坐上機車，發動時，他看看道路兩旁說：「天黑得眞快。」然後呼一聲騎走了，我們看著外公過了一個彎道之後消失，那時太陽還在山頭上，天氣依然悶熱得足以令人窒息，沒有人知道他的意思。

「老番癲。」外婆輕輕說。

母親問外婆，錢怎麼讓人進屋偷走了，外婆說：「我騙你阿爸的啦，錢我藏得很舒適。」母親笑說：「你們兩個，愈老愈趣味。」「你阿爸，」外婆說：「什麼都好，就是像錢鼠這項，讓人不能講，一點點錢，千交代萬交代，三不五時還要翻出來看看有缺角否，所以我才氣他一下。」母親說：「你氣不到他的，他那種人，嘴唸唸，隨忘記了，結果生氣的是你自己，眞無價値。」「對啊，」外婆說：「害我走路走歸日，腳好痠。」

我點點頭，對母親說：「我早就知道外婆今天會離家出走。」

「你怎麼知道？」

「因為今天星期天，大家都放假，而且，今天是晴天，沒有下雨。外婆每次離家出走，都是這樣。」

母親笑了，跟外婆解釋我的看法，外婆也笑了，外婆說：「還是阿文仔卡巧，只有他知道，我都有看黃曆揀日頭，不是隨便在離家出走的。」聽外婆這麼說，我感到非常得意。

外公與外婆走後，我陪著母親走回家，我不讓她牽我的手，我說，我自己會走。我沒有問母親，父親怎麼不見了，因爲我心中十分篤定，父親一定是被祖父叫到田地上去了，我知道，每當放假時，祖父就會邀父親到田地上比賽，看看誰先服輸。母親突然告訴我：「我們可能不搬家了。」我知道我知道，我說。我知道父親存了很久的錢，在鎮上定了一戶新蓋的房子，那裡離礦場近一點，父親的朋友們都會住在那裡，父親沒有帶我去看過，但他時常興高采烈地向我描述那棟日漸長好的房子——兩層樓的新洋房、陽台、巷弄，還有鏤花的鐵鋁門窗，他說，住在那裡，工作上學買東西都很方便，而且鄰居都是熟識的好朋友。

我抬頭對母親說：「沒關係，我喜歡住在這裡。」

母親對我笑，她拍拍我的背，她說：「只怕你長大了以後，就不會這樣想。」

那天晚上我醒來，黑暗的通鋪十分悶熱，我感覺身旁的姊姊們都睡得很熟，可能是因爲白天太累了的緣故。通鋪另一頭，父親與母親低低說著話，父親說：「就算現在不搬，那兩成半的定金可能也拿不回來了。」母親說：「沒關係。」我知道他們談的是新房子的事。

父親笑說：「我爸爸才是一頭牛……」黑暗中我感覺母親緩緩靠向父親，也許他們在黑暗中安靜擁抱彼此，也許母親只是輕輕掩住父親的嘴，害怕他會吵醒我們。

我懷疑自己聽到父親的哭聲。

天很快就亮了，那天之後的日子彷彿慶典一般，載貨的小卡車一輛一輛停在我們家前庭，父親終於爲自己買了機車，爲母親買了電鍋，爲姊姊們與我買了書桌，他打掉廚房的灶，裝了瓦斯爐，把整個家大大地修飾一番。每天他騎著機車出門，回來時疲累萬分，他彷彿突然發現了更多應該買應該換新的東西，他還籌畫著，在原地再蓋一間比較像樣的房子。

然而他沒有成功。

礦場發生事故後，母親帶我們去看父親，母親指著他說：「這就是你們爸爸。」那時我已經習慣了，我所認識的人，他們看著什麼，指著什麼，心裡想的是別的什麼，卻已經沒有力氣對你多說明一點。當母親指著我父親時，我其實已經分辨不出他是誰了，因爲，他的臉孔被火燒得模糊，這張臉很可以是另外一個人，然而母親平靜地說，這就是父親，在她的話語裡，恐怕沒有關乎死亡這樣的字眼。

他們只是神出鬼沒。

在我終於學會騎機車的那天早上，我的父親正要追上他的父親，去田裡工作，但父親的朋友們突然全部出現，他們騎著機車，自備酒菜，在我家廚房搶著料理，一群人又鬧烘烘攀桌椅帶碗盤來到大樹底。父親叫我爬到樹上把風，如果祖父從田裡回來，就趕緊通知他，我爬上樹，揣兩把榕樹籽在手，目不轉睛盯著田地上的祖父，如果他像是要走回來的樣子，我就把榕樹籽往大家頭上扔，但漸漸大家喝得浮浮沉沉，不再理會我。

「我要唱歌！」父親的朋友「白目的」大聲吆喝：「我要唱歌！」大家都呼天搶地叫他不要唱，但他還是鬼哭神號唱起歌來，「湊腳手」的筷子掉到地上，他問父親：「你家有衛生筷否？這個太重了，我拿不住。」旁邊的「阿弟仔」笑他：「百多斤重的家私你都搬得轉動，這幾兩重的筷子你卻拿不住？」白目的敲阿弟仔的頭：「囝仔人有耳無嘴。湊腳手，告訴他你爲什麼叫湊腳手。」於是湊腳手說起他右手四指被鏟砸車砸爛的那一天，醫生告訴他沒救了，但是可以切腳趾頭接手指頭，醫生問湊腳手：「你要腳還是要手？」湊腳手說他每天在礦坑裡頭鑽，哪裡也去不了，所以不要腳沒關係，但沒手可不行，所以醫生幫他動手術，所以以後大家叫他湊腳手。

「好，」湊腳手說：「恁爸今日『犧牲色相』，讓你見識一下無腳趾頭要怎樣跑好像飛。」大家呼天搶地叫他不要表演，但他還是脫下鞋襪，繞著大家，肩膀斜斜跑了起來。父親說：「湊腳手你坐下，坐下。我回去找看看有沒有衛生筷。」「無要緊啦。」「四朵的」說：「湊腳手你用手拿東西吃就好了，大家都是兄弟，沒人會笑你無衛生。」「對啦，對啊。」大家都附和。

「用手拿？」湊腳手說。他對大家笑。

「這樣不是親像猴擅仔？」湊腳手說。大家也對他笑。

湊腳手笑說：「你們把我當作猴擅仔？」然後學猴子那樣抓抓肥幫子，大家莫名其妙笑成一團。湊腳手的腳手突然重重往桌上一踱，他吼道：「幹！恁爸甘願不吃，坐在這裡看。」

一半的人酒醒，大家全都沉默不語。

「阿爸，我要放尿！」我在他們頭上喊著。「你要幹嘛？」父親說。我說：「我要放尿！」說著我準備脫下褲子。父親說：「你在幹嘛？要放回去放！」我說：「來不及了，大家緊閃！」我把褲子蹭到膝蓋，他們攀桌帶椅一哄而散，父親站在樹下看著，對我罵道：「無路用的腳色，一爬高就想要放尿，一拿重就想要放尿。」他對他的朋友說：「眞見笑，眞見笑。」大家又笑了。

我尿完尿，轉頭看見外婆出現在大太陽底下，全身噴汗，像一朵烏雲向我們走來，我對父親喊道：「外婆又來了！」父親向小路那邊望去，要我穿好褲子，趕緊回家去通知母親，然後他向他的朋友一一道歉，他們拍拍父親的肩膀說：「無要緊，無要緊，你作你去無閒，我們就是四界踢跎。」白目的覷眼看看太陽，他說：「這麼熱，我們去溪邊泅水好了，怎樣？」大家都說好，然後他們發動機車要走了，湊腳手與父親附耳不知說些什麼，父親也拍拍他的肩膀，然後父親擺開手向他的朋友們告別，離開大樹底向外婆迎去，我爬下大樹，發現所有人都走了。我只瞥見父親大步走遠的樣子。

是了，那一天我也終於學會騎車，我眞想告訴他這件事。每天早上，他坐在門前樹下抽菸，等他的朋友繞山路過來載他，他們越過大鎮，到遠方的礦場工作，每天，他向他的朋友道歉，然後他的朋友會笑著拍拍他的肩膀，這已經成了一種習慣。我想告訴他，我今天終於學會騎車了，我可以來載你，你會向我道歉，你每天總感到些什麼可以向人道歉，然而無妨，我拍拍你的肩膀，明天我還來載你。

我騎著外公的火紅一二五，瀰溪一樣向大馬路的深處騎去，外公你說不要轉頭看，也不要管車頭上寫的油剩多少、速度多少，只要專心看著前面，車還在走，你人還在車上，一切就都沒問題。是了外公我記住你的話，只是路它自己沒有了，外公我不得不把車停在柏油路的盡頭，我爬過一段小山坡，放眼看見一片大草原，我看見我的玩伴們都彎著身體在拔草，我說呵呵原來你們都在這裡，這裡就是你們所說的「高爾夫球場」。姊姊們我找到妳們了，我說姊姊我也要和妳們一起拔草，姊姊說不行你等一下又「氣喘」了怎麼辦？我說我不會氣喘我也要和妳們一起拔草，姊姊說你有毛病啊讓你在家裡休息你不要卻要跑來這裡拔草太陽這麼大等一下你又暈倒了怎麼辦每次都害我被罵你有毛病啊。

我說我沒有毛病。我不會氣喘。我剛剛學會了騎車。我也要和妳們一起拔草。

然而我被架到一棵孤零零的大樹下坐著，大家都在笑，我說我早就知道你們總挑無雨的假日相聚，你們對彼此笑你們對彼此沉默你們不理我我要尿尿給你們看，於是我脫下褲子對著大樹尿了一泡很長的尿。然後外公跑過來，我發現他喘著氣全身噴著汗，外公大力抓抓我的頭，他說你要把我嚇死啊你騎得差不多就該騎回來怎麼這樣一直騎下去害我走了半天路，我說外公我沒有要害你我已經學會騎車了但路它自己沒有了。

路它怎麼自己沒有了。

發財

爸爸像平常一樣自信滿滿地喊，我出門去找錢囉，等我回來，我們就發財囉，林進財在他背後大聲喊，爸爸加油。他爸爸擺開手，高高朝背後揮了揮，嘴裡練習著，敝姓王，敝姓王，敝姓王。

圍觀的人群都散去了，只剩下林進財一個人，靠在土磚牆上發呆。他看見最底下的馬路上，有兩個人站在路邊比手畫腳，不知在討論什麼，馬路旁邊是一片山坡，山坡上有幾片田，和幾間矮房子。林進財轉頭看看自己的家，一間用土磚堆起的屋子，屋頂以木板釘成，上面蓋著黑漆漆的柏油渣，如果連續下幾天雨，硬土地板吸足了水氣，會黏黏糊糊地，像一鍋隨時都要化開的粥。

林進財的爸爸搬開大門，從屋裡鑽了出來，探頭探腦，對著旁邊王先生家「哼」了一聲，然後沿著斜坡路慢慢走下山坡。林進財看見，他爸爸還穿著那套半濕的西裝，那套西裝，是林進財家惟一掛在牆上的東西，他爸爸每天第一件事，就是把西裝上的灰塵拍一拍，穿上身，說要去找發財的辦法。

王先生的家，是鋼筋水泥造的，有三層樓那麼高，回音很大，林進財總看著他爸爸，像聽收音機一樣，仔細聽王先生講話的回音。林進財的爸爸說，有錢人不用整天工作就很有錢，所以想發財不是去找工作，而是去找發財的辦法。他時常觀察王先生，王先生身上戴著一個亮晶晶的懷錶，所以他也去買了一個會發亮的懷錶；王先生每天穿西裝出門，所以他也去訂做了一套西裝；王先生回家時，會讓司機把車停在馬路邊，自己走那段斜坡路上來，林進財的爸爸發現路上每個人都向王先生問好，就叫林進財要記得向自己問好，林進財的爸爸，用王先生的口氣，對林進財說，這是禮貌懂不懂，你要尊敬我。

如果下著雨，白天的光泡在水氣裡，斜坡路上，家家戶戶的學生會撐起傘，三三兩兩踩著水窪下坡，趕往學校去。林進財也在學生的行列中，他不知道，他是不是惟一沒睡飽的人，不過今天，林進財下了決心，他決定不再睡覺了，從今以後，他要一直保持清醒。

昨天晚上就下著雨，林進財的媽媽對他喊，阿財啊，你不要站在那個地方太久，你看看你的拖鞋，都陷到地底去啦。林進財那時站在他家客廳，他低頭一看，果然，他穿的拖鞋被他家的地板給吸住了，他兩腳都拔不出來，只好棄了鞋，打赤腳。沒想到濕濕的黏土踩起來，好滑，好比在溜冰——呵呦呦，林進財一腳踩空，整個人滑溜溜地向前衝，他說，哎呀呀阿母您快閃啊我快要撞到您囉，他媽媽說，阿財啊沒辦法呀你看我兩腳沒穿鞋也還是給地板黏住囉哇哇。

林進財這就撞著了他媽媽，他媽媽抱住他，一起往他家大門衝去。他家大門是木板釘的，釘得實在不牢，他們這一撞，把大門給撞得飛出屋外，林進財和他媽媽抱成一團，躺在門板上爬不起來。

有一陣子，林進財家的梁和柱，發出一種小小細細的聲音，他媽媽向來不會放過那聲音，她說，你聽，躲在我們家屋頂下那一窩鼠，現在跑出來了吧，她說這一撞撞得好，把她那窩心腹大患給頂了出來。但不久，那回音愈來愈大、愈來愈沉，林進財的媽媽推他一把，她說阿財快跑呀，我們家要倒囉。林進財趕緊起來，撿了他媽媽，他們跑，差不多快跑到王先生他家前面，他們回頭看，奇怪，沒事，他們家還是一團黑黑地立在黑黑的夜裡，沒有倒。

四周也全沒半點動靜，只有大雨整盆整盆地澆下來。

到處望望，沒有人死，也沒有人看到，林進財和他媽媽只好自己走回家。他們進了屋，他媽媽拾起他家大門，想把門塡回去，她一比，奇怪，怎麼門左右兩邊的柱子，不太整齊，門板，竟裝不回去了。林進財的媽媽叫他來看，林進財趴下一看，喔，原來，他們家客廳右邊那一面牆，給撞得向前突出了大概有半公尺。林進財高興地告訴他媽媽說，我們賺到了。

他媽媽說我們怎麼賺到了？林進財說我們家客廳現在變大了好幾坪，現在，房子一坪都值上百萬，林進財說，再多撞幾下，只要房子還是沒倒，我們就發財了。林進財的媽媽說別撞了別撞了，我們今天賺，一百萬就好了。林進財站起來，看見他媽媽左邊鼻下掛了一孔鼻血，他媽媽正抬著頭，用大拇指把鼻血頂回去，林進財趕緊說，阿母，請您稍等，我爬到那邊桌前，幫您拿幾張衛生紙過來。然後林進財開始爬行，他說阿母您看，我兩手兩腳一起走，像狗一樣走，就不怕跌倒了，但他媽媽說，阿財呀，我不能一直站在這裡，等下又被黏住了。

然後林進財看見他媽媽也趴了下來。

那天晚上，林進財沒辦法睡覺，每次要睡著了，他媽媽就開始叫——大家快起來呀，不能再睡啦，我們的床要陷到地下去了，快起來把床換個位置啊。所以林進財乾脆不睡了，他等天亮，去學校睡，但一睡著，就被老師罵，林進財整個上午差不多都在走廊上罰站。

中午放學回家，雨終於停了，林進財想，這下可以睡個飽了，沒想到，雨不但停了，還出了個大太陽。林進財一回到家，就看見他家門口放了一個洗澡的大盆子，裡面有水，他媽媽叫他趕快進去洗澡，林進財說我們整年也沒在洗澡，今天不洗沒關係吧。林進財的媽媽說就是整年不洗今天才要洗，好不容易出了大太陽，林進財說那我把盆子搬進屋裡洗可以吧，林進財的媽媽說你敢你就試試看，我們家地板好不容易才又結成一塊硬硬的，你敢再把它潑濕你就試試看。

林進財說，那我不要洗了，在門口洗澡，好丟臉。林進財的媽媽說，你小孩子你怕什麼「丟臉」，趕快洗一洗，我要把盆子收起來，我等一下還要去市場撿東西。林進財說，這個水盆又沒有人會偷妳怕什麼，林進財的媽媽說，你這小孩怎麼這麼纏人你快點把衣服脫了吧。林進財說不要，他媽媽來拉他，他往外跑，他媽媽很瘦，拉不住他，眼看林進財就要跑走了，突然，林進財的爸爸從屋裡衝了出來，一把抓住了他。

林進財的爸爸說，叫你脫你就脫，脫脫脫脫脫，他爸爸幾下把他的衣服扒光，把他推進水盆裡，抱了衣服，靠在門邊喘，林進財發現，他的力氣好像快要比他爸爸大了。他爸爸對他說，洗，快洗。好幾個同學圍過來看，林進財蹲在水盆裡，罵他的同學們，走開啦，走開啦，誰看誰就他媽的是烏龜王八蛋，林進財的爸爸打了他一巴掌，他說你年紀這麼小你就這麼凶，你長大了你還得了。

林進財的媽媽拿了肥皀和毛巾給他，就出門去了。林進財只好趕快拚命洗，一會兒，他問他爸爸，我洗好了，可以起來了嗎？他爸爸說，你脖子後面還沒洗，大家都在笑，林進財趕快用力洗脖子後面，有人跟他爸爸說，他耳朵也還沒洗，林進財的爸爸說對你趕快洗耳朵，林進財就趕快洗耳朵，又有人說他屁股也還沒洗，林進財就趕快洗他的屁股。

他連腳趾頭都一根一根洗好了，就跟他爸爸說，我沒地方洗了，他爸爸才把衣服還給他。林進財穿上衣服，奇怪，他覺得自己再也不想睡了，他一個人靠在土磚牆上發呆，看著他爸爸慢慢走下山坡，邊走邊摸自己口袋裡的懷錶，錶鍊太長了，林進財知道，他爸爸一定想著要去錶店把錶鍊調短一點，林進財知道，因爲他爸爸每天都在想這件事。

昨天晚上，林進財手腳並用，努力地爬向桌前，突然，他聽見很大的一聲「空」，他堵在門口的門板又倒了，他爬起，看見王先生就站在屋外，撐著傘很慌張的樣子。王先生說對不起，眞對不起，我原先想敲門，沒想到竟把你們家的大門給，呃，推倒了，林進財的爸爸從王先生旁邊閃了進來，踏過倒在地上的門板，走到椅子邊坐下。

林進財的媽媽仰著頭，請王先生進屋裡坐，王先生說不用了，他就站在這裡，把話說完。他拉拉皮帶，指著林進財的爸爸，說下次再這樣，我一定報警處理，說完王先生就走了。等了很久，林進財的爸爸跑到門口望了望，確定王先生已經走遠了，才自己去把倒在地上的大門撿起來，蓋上，一副累壞了的樣子。

林進財知道，他爸爸又跑到王先生家裡去了，因爲從大收音機裡，他爸爸聽到，王先生全家晚上都要去喝喜酒，他還聽到，王先生說要將那串備份鑰匙藏在哪裡。他知道他爸爸一定會去偷鑰匙，打開王先生家的門，他爸爸會發現，果然沒有人在裡面，這時候——叮噹——叮噹——牆上的古董鐘吐出一隻高級的鳥，從天花板垂下晶瑩燦爛的吊燈，此時正不斷往下墜，但像結冰的湖一般光亮堅固的磨石地板，永遠仍在離吊燈那麼遙遠的地方。

林進財猜想，這時他爸爸會模仿王先生的姿態，側過身，把右手向屋內一攤，向一位看不見的客人，用愉快的聲音說，請進，請進，這裡就是我家。

然後，林進財看見他爸爸坐在一把濕濕的椅子上，椅腳正慢慢陷進一鍋將要化開的粥裡，有人撐著一把黑傘，站在一個黑暗的洞前面，伸出右手食指，指著他爸爸，說下次要報警抓他。

天將要亮的時候，林進財的爸爸媽媽，躺在一張浮動的床板上，模模糊糊地睡著了，安靜了。在那之前，他們在睡夢中吵了一架，他爸爸喊，狗，我們都被看成狗了，搬家，我們明天就搬家，他媽媽喊，快起來呀，我們快沉下去了，我們會淹死啊，他們閉眼，各自高高伸出手，狠狠打了彼此一巴掌。

林進財赤腳站在地板上，感覺房間裡逐漸蒸發起來的熱氣，聚集在天花板上，慢慢往下壓，他扳起指頭數，想起自己生存在這個星球上，已經整整十年了。

在天氣最熱的時候，林進財的爸爸把半乾的襯衫、西裝褲，還有西裝外套都穿好，打起領帶，從洋鐵皮罐裡偷了一點錢，看看他的懷錶，像平常一樣自信滿滿地喊，我出門去找錢囉，等我回來，我們就發財囉，然後他小心地把大門卸下，擺到一旁，大步走出門。林進財在他背後大聲喊，爸爸加油。他爸爸擺開手，高高朝背後揮了揮，嘴裡練習著，敝姓王，敝姓王，敝姓王。

林進財看著他爸爸邊走邊喘氣，他覺得自己的力氣已經快要比他爸爸大了。

林進財把洗澡的水盆收進屋裡，他希望他爸爸不要太快覺得難過，雖然在睡夢中，他每天重複一樣的難過。並且，林進財發誓要一直醒著，盯著這段斜坡路，他希望他爸爸不要再回來了，如果他再跑回來，林進財發誓，一定要殺了他。

暗影

接觸不良，無力溝通，「另類潮流新邊緣人」，怎麼形容都一樣，我憎惡每一個由「我」開始的句子，因為我最厭惡的人，是我自己。

我搬遷到一個新的住所，或者說，一個新的房間，那是冬天將要開始的時候。有生以來，我第一次感到這般疲累，我把行李全都塞進這個房間裡，整個房間就只剩下一塊足供躺平的空地，我鋪好被蓋，在潮濕與霉味中沉沉入睡。在黃昏我睜開眼睛，意外地清醒，依賴屋外透進的光影安頓自己的所在，我站起來，穿過窗戶看見隔壁大樓一角，一名主婦忙著晚餐的身影。那些會令人感到希望與溫暖的事，依舊只是生活上的瑣瑣碎碎，既幽微且抽離，它們本身並沒有什麼不對，但是它們太瑣碎了，瑣碎到我駐足瞻之，突然間我失去了信心。我想像自己走在人群中的猥瑣模樣，我微駝著背，兩手倒背在後面，左腳向外斜斜邁出，右腳直直跟上，整個人歪歪扭扭，這是我新養成的走路姿勢，如此走路時，視線只會看到自己的鼻子，我因此覺得舒坦。

有一天，我在附近這幾條街上閒晃，在錯錯綜綜的幾條小巷裡，不時會遇到一個穿裙子的中年流浪漢，我們誰也沒有興趣跟蹤誰，會不斷相遇，只是因爲我們似乎都沒有走出這一區的打算，我們都只想在這個範圍裡窮耗一整天。後來，流浪漢停下腳步，他優雅地向我遞過他手上的傘，友善地對我說：「我們輪流。」一時間我不能明白他的意思，我看著他，這時我才發現他不是一個眞正的流浪漢，他穿的也不是裙子，他全身上下披掛著幾塊累贅的布，指明他所僞裝的也許是一個來自印度的苦行者，就連他的傘也和他身上的顏色相搭配，沒有巧合，他整個人看起來熱熱鬧鬧的更像是一株細心修飾過的芒果樹。

起先，我只是莫名其妙地尷尬起來，我對他說：「我快逛完了。」接著我快步地往巷底走去，我抬頭看天，並不覺得眞的在下雨，我以爲冬天的空氣理應是如此的。然而，突然間我對這個人強烈地憎惡起來，我憎惡所有像我一樣逸離人群的人，我憎惡他的從容與他邀請我共謀一項無聊遊戲的閒情逸致，我開始不能控制恨意像是沒有主體的影子在心中滋長。接觸不良，無力溝通，「另類潮流新邊緣人」，怎麼形容都一樣，我憎惡每一個由「我」開始的句子，因爲我最厭惡的人，是我自己。站在街上我恐慌起來，我渴望看見任何正常人的臉孔，轉過頭去，我只看見那家咖啡館貼在鐵捲門上的，一幅徵人的廣告。

我進入了這家咖啡館工作。每天晚上，我從住處走到咖啡館，這樣持續了一整個冬天。我有一種時間就此沉靜下來的錯覺，當然那只是錯覺，對於人和天氣而言，都不具有什麼意義，人尤其善於僞裝成各種樣態。應徵工作的那一天，老闆娘詳細跟我解釋工作內容，日常的例行工作，掃廁所，澆盆栽，倒垃圾，每天的特別工作，清理空調濾網，清點庫存，仔仔細細條列了一整張紙，我感覺到老闆娘的緊張，她並不善於對人發號施令，即使勉力模仿權威老者那種又油又乾的腔調，她刻意擠出的笑談，讓我跟著緊張起來。這會是個很特別的咖啡館，老闆娘說。我微笑點頭，裝出理解，並且熱情響應的樣子，事實上我完全不能想像一個很特別的咖啡館，應該是什麼樣子。老闆娘回給我一個溫和的笑容，我再次見識到自己天性中的狡猾，我也看見，新漆上地中海藍的油漆油油浮浮，或許要到夏天，它看起來才會眞正像是陽光四溢的地中海濱。時間的沉積確乎是一種最不容易僞裝的東西，我也的確無能走得太遠。在咖啡館裡，我時常會遇見那名流浪漢，那株芒果樹，我們私下稱他爲「大師」。我不時提醒自己，從容下來，從容下來，就像這家咖啡館來來去去的各種聲音，不管他們說的是什麼，它們都應該也許會被僞裝得更從容些，就像日復一日我練習端咖啡杯，我提醒自己，從容下來，從容下來，專注壓抑自己的手時常會莫名顫抖的畸習，如此我能夠短暫忘卻自己心中不斷生長的暗影。

日復一日，我練習著視而不見的同時也觀察著印尼人，印尼人來台北學中文，他說他念不完大學，因爲印尼盾貶值了一半，印尼的物價卻漲了四倍，我問他爲什麼，他想了很久，努力想用他僅有的中文詞彙，組合出一個完整的答案，半分鐘安靜地過去了。我教給印尼人兩種回答問題的方法：「我不知道」和「我不確定」，我教他，想不出答案時，這兩句話可以輪流用。印尼人問我，這兩句話有什麼不同，我說：「我不知道。」他又問我，這種說法會不會很不禮貌，我說：「沒關係，別在意。」「沒關係，別在意。」印尼人喃喃學著我的腔調。

在我們工作的咖啡館裡，印尼人站在櫃檯後面，他彎腰就著流理檯的水龍頭，慢慢沖洗所剩不多的咖啡杯。今天晚上生意清淡，我坐在櫃檯前的高腳椅上，望著印尼人頭上的一盞小掛燈發呆，前幾天，天花板沿著掛燈滲水進來，小掛燈的燈泡突然爆炸，到現在還沒有人去修理。我轉頭看向老闆娘，老闆娘正在和她的朋友聊天，老闆還沒有回來。咖啡館新近開張，但是進來的人好像都早已認識，整個晚上，門口每進來一個人，大概都能引起在座的客人一陣熱烈的招呼，那新進來的人向老闆娘揮揮手，然後去尋他的朋友，除了中央不易移動的沙發座以外，幾張桌子被他們自動接成一排，愈接愈長，愈來愈傾斜，終於使得咖啡館裡一邊空曠，一邊擁擠，本來就沒有差別的吸菸區與非吸菸區，在打烊之前，慢慢的，以一種極其人性的方式被攪成一區。儘管如此，老闆娘非常堅持當有人推門走進咖啡館，咖啡館玻璃門上的鈴鐺叮噹晃響時，我和印尼人要停下手邊的工作，大喊一聲：「歡迎光臨。」

整整一個冬天，寒流一個接著一個盤據在咖啡館外，街上到處都是濕冷一片，但從來沒有下過一場像樣的雨。咖啡館裡暖黃的光，穿過水氣凝結的大片玻璃透進街道時，整間咖啡館看來就像是一只湖面上的水燈，或是一只捕蚊燈。每天擠在裡頭一角，相互取暖的人不多不少，堪堪是用一個季節可以辨識出臉孔，不彼此搞混的數量。印尼人被門上不知何時會響起的鈴聲給弄得精神緊張，他大約比我早來一個月，幾天後我開始躲懶，他還是絲毫不放鬆，門口一有動靜，印尼人警覺地大喊：「歡迎光臨。」響亮而標準，我跟著他的話尾口齒不清地附和著「光臨」。老闆娘對新開張的咖啡館有許多堅持，但漸漸地，它們被這群熟客，用一個濕冷的冬天，以像隨意移動桌子這種極其人性溫暖的方式，給慢慢地模糊化解掉，冰塊會在室溫中安靜地融化，變成一攤不成形的冷水，大概就是這種原因。

印尼人能記住所有的熟客，他喊完歡迎光臨，歪頭躲過面前的柱子，向大門張望一眼，對我說：「馬克思來了，藍山咖啡。」我從櫃檯拿起點餐的單子，邊走邊寫上，他說：「導演來了，海鮮麵套餐。」我邊走邊寫上，點完餐回來，我告訴他：「導演換了，牛小排套餐。」下次他會說：「導演來了，不一定。」我確定印尼人的中文是這樣突飛猛進的，這比任何看圖說故事的語言課本都還有效。一天之中，印尼人也只有早上能去上課，大部分時間，他都得忙著賺生活費。下午，印尼人在一家便當店工作，他沒有駕照，午餐時間，他騎著便當店老闆的摩托車，在台北的大街小巷來回穿梭，也神速地記住了台北的街巷名。晚上七點，他準時到咖啡館報到，一直工作到深夜打烊，第二天一早，他又去上中文課。

我又轉頭望向印尼人頭上那盞炸掉的燈，印尼人不在意頭上的黑暗，他熟練地洗著咖啡杯，我知道他放慢動作，是爲了怕閒下來。燈泡爆炸的那一天，印尼人就站在這個位置，一聲巨響，他頭上掛燈的電線吐著火花，印尼人機警地按掉一整排掛燈的開關，甩著一雙濕手，不知所措地站在那裡，老闆娘走過來，問他：「沒事吧？」印尼人發現大家都看著他笑，他也對著大家笑。大姊，老闆娘的大姊，從櫃檯後方的廚房探出半邊身，向外面看了看，對我笑一笑，又走回去。儘管老闆娘已經在菜單上寫明了供應晚餐的時間，但大姊不在意，她總是坐在廚房裡等候，要我特別詢問客人要不要點份晚餐，大姊說：「剛開店，要拚一點。」這讓老闆娘很困擾，但大姊微笑著，坐在一張小板凳上，固守她的廚房，老闆娘拿她沒辦法。

昨天晚上，過了晚餐時間，大姊走出廚房，到流理檯前洗手，印尼人讓開位置，他站在光影裡晾著手，微笑著搜尋著那片原本在他頭上的黑暗。大姊又找老闆娘談印尼人的問題，說非法打工，被抓到要罰錢，老闆娘說再等等吧，至少過完年再說。我走回櫃檯，印尼人問我，老闆娘她們在說什麼，我說，沒什麼，不關你的事，印尼人放心地走回流理檯前，就著水龍頭，繼續洗他的杯盤。

就在這個位置，印尼人努力練習說話，漸漸能說極為嚴謹的中文，有一天他對我說：「我戀愛了。」我除了百分之百相信他以外，沒有其他的感想，我鼓起所有的耐心聽他敘述，這其中被幾次門鈴聲打斷，印尼人沒有錯過任何一次「歡迎光臨」。他說他在學校認識一個印尼同學，我說：「恭喜恭喜。」他快樂地應答：「新年快樂。」過了幾天，他說：「我失戀了。」我除了百分之百相信他之外，沒有任何感想。印尼人想了想，對我說：「我一定要學好中文。」我相信我再也不會聽到任何一則，比印尼人這個更短的愛情故事了。印尼人終於洗完咖啡杯，我看著他，他拿起抹布，開始嘗試著抹乾流理檯。

門鈴晃響。「歡迎光臨。」印尼人望向大門，笑著說：「大師來了，換音樂。」我嘆口氣，站起來伸伸懶腰，拿起點餐的單子，轉過頭去，大師已經走到櫃檯，拍拍我的肩膀，我閃避過，注意到他一向光鮮的臉上，今晚有些灰漬在上面。大師向印尼人打招呼：「晚安，Jammy。」同時把斜背著的一口沉重的袋子甩在櫃檯上。「晚安，」印尼人說：「要不要換音樂？」大師閉目凝神聽了一下，他說：「不用不用，今天的音樂很好。」我忍不住想笑。

老闆娘收了幾個杯子回來，她的朋友已經走了。她走到櫃檯後面，問大師：「吃飽沒？」大師點點頭，老闆娘問：「喝什麼？」大師說：「隨便吧，妳決定。」老闆娘踮起腳尖，在大師面前聞了聞：「你有喝酒？」大師搖搖頭，老闆娘準備杯子，她要調一杯熱巧克力牛奶。大師探頭看看櫃檯角落堆著的一疊面具，他問：「那是幹嘛的？」老闆娘說：「我先生演戲用的道具。你要不要找位子坐？」大師搖搖頭：「站著好。他還在搞劇場？」大師大聲地說：「九〇年代還有人在搞小劇場？他的青春期眞長啊。」大師轉頭問印尼人：「Jammy，你知道『藝術家』嗎？」印尼人點點頭，「你老闆是個藝術家，」大師說：「你老闆是個藝術家，因爲他的青春期特別長。」老闆娘笑說：「你不要亂教他。」我說：「你的帽子歪了。」大師把手掌覆在頭上，搖搖他頭上的小布帽。

老闆娘把熱巧克力牛奶放在櫃檯上，大師問：「大姊呢？」老闆娘向廚房努努嘴。大師說：「她準備老死在廚房裡嗎？」老闆娘打了大師一下：「小聲一點。」大師搖搖頭，惺惺作態地舉起杯子：「敬生命。敬一群好人。」巧克力太滿，濺到大師的手，大師拿不住杯子，搖搖晃晃又放下杯子。老闆娘說：「你眞的喝醉了。」大師搖搖頭，他轉頭看向咖啡館的四壁，緩慢而游離，老闆娘安靜地跟著他的視線。大師摘下帽子，摩挲著臉，一副快要窒息的樣子，老闆娘倒給他一杯冰開水。

大師抬頭，靜止了片刻後，他興奮地說：「Jammy，你頭上的燈，壞了。」印尼人尷尬地笑著，老闆娘說：「對呀，壞了幾天，一直忘了修。」大師說：「糟糕了，妳開始厭倦了所以燈壞了妳都懶得修，首先是一盞小燈，接著可能是妳大姊在廚房心臟病發作了妳都不知道。」「太誇張了吧，我明天就會把燈修好。」老闆娘笑說。「不不不，」大師說：「燈永遠都修不完的，妳要改變，首先是把廚房關掉，別讓大姊再躲在裡面了，關掉，咖啡館不需要廚房。」老闆娘說：「這家咖啡館，我大姊出錢最多，她才是老闆。」

「所以她買下了廚房讓自己可以躲在裡面。那這樣，」大師拉過他的袋子，伸手在裡面摸索一會，拿出一本存摺：「我也出錢，我們合作，重新裝潢這裡，我們來做一個最特別，最純粹的咖啡館，不用管那盞小燈了，怎樣？」大師把他的存摺攤在老闆娘面前，老闆娘還是笑著：「哪有這樣的？你眞奇怪。」我說：「修那盞燈，比較省錢。」

沒有人理我。大師把存摺隨意往櫃檯一放，從櫃檯底下拉出一張高腳椅坐下，慢慢喝著他的熱巧克力。印尼人對老闆娘說，快打烊了，他想先去掃廁所，老闆娘點點頭，她看大師不再說話，也離了櫃檯。我拿起澆盆栽的小水壺，到流理檯裝水，咖啡館只剩我們四個人，不，五個人，大姊在廚房裡。大師突然對我說：「你是個詩人。」我關掉水龍頭，我說：「你想說什麼，就直說吧。」「你是個詩人，」大師說：「我就是這個意思。」「我是個咖啡館小弟，而且我很不盡責。」我說。大師繼續對我說著話，直到我聽見門鈴又響了，我大喊一聲：「歡迎光臨。」

印尼人從廁所出來，看見進來的是老闆，又走回去。老闆手上拿著一張面具對我揮一揮，（是我是我），他這樣說。老闆娘輕輕瞪了老闆一眼，（曉得回來了），她這樣說。大師還叨叨絮絮不知說些什麼，老闆走到他身後，一手壓在他肩膀上，對他說：「大師，怎麼有空來？」「別叫我大師。」大師用肩膀甩掉老闆的手：「我什麼都不懂。」「熱巧克力牛奶，本店招牌。」老闆看看大師的桌子，對老闆娘說：「小陳，我可以來一杯嗎？」老闆娘走回櫃檯後方，老闆拉了一張椅子，在大師身旁坐下。

「好大的袋子，你把家當都背著跑。」老闆問大師：「最近在忙什麼？」「沒做什麼，你比較忙。」大師說：「名小劇場導演，名大咖啡館老闆。」老闆看看老闆娘，老闆娘擠擠眼，（他喝醉了），她這樣說。老闆笑笑，搔搔頭，放下面具：「小劇場快垮了，這家咖啡館也是。」「頭好暈，」大師問老闆娘：「有沒有Beatles的那首Lucy in the Sky with Diamonds？好想聽。」老闆說：「對，小陳，找找看，好久沒聽了。」他先哼起了歌詞。

大師說：「你別唱了，唱來唱去都是那幾句，難聽死了。」「這首歌，歌詞本身毫無意義，」老闆說：「你忘了？」「我忘了，」大師很快地回答：「你什麼都記得，你記得劇場快垮了，咖啡館快垮了，世界快毀滅了，所以你很快樂。」大師接著對老闆娘說：「小陳啊，妳要小心那種看起來忠厚、專注的人，他們選定了一件事，就會像烏龜一樣死咬著不放，再也搞不清楚實際是怎麼一回事。他就是這種人，他會奮不顧身往下跳，不是因爲這裡面有什麼希望，他只是不由自主，他拖著整個世界往下掉，世界沒有因爲他而更好，而他也沒有得救的希望，拚命往下掉，這就是他快樂的原因。妳還幫他泡飲料？別爲他服務，不要寵壞他。」大師說著，把老闆娘調好的飲料搶了過去。

老闆站起來，他俯看著大師，大師正冒著熱氣，小口小口喝著熱巧克力牛奶，霎時他的表情軟化下來，他問老闆娘：「大姊呢？」老闆娘說：「在廚房裡。」老闆整整櫃檯上的一堆面具，捧起來說：「那我先回去了。」說著走了出去。大師在他身後說：「孬種，居然不回嘴。」老闆娘皺著眉頭，要我準備打烊，也追了出去。我把店外的招牌燈關掉，把大門「營業中」的招牌翻過來，回到櫃檯時，大師說：「看看他們小倆口，這是幸福的典範。」我聳聳肩表示我沒有意見，我看著大師，我對他說：「你是個哲學家。」大師抬頭說：「我是個屁。」我看著他唇上一圈巧克力漬，不知爲什麼心中慘然。我別開視線，他低下頭，沒有再說什麼。我把咖啡館的燈光調暗，這時我想起了大姊還在廚房裡，我走進廚房裡，看見大姊坐在矮凳上，頭倚著大冰櫃，大姊睡著了。所有人都累了。「大姊。」我輕輕喚她：「大姊，打烊了。」「唔，打烊了，好。」大姊扶著冰櫃慢慢站起來，她累了，她的眉頭，眼邊，嘴角都說明她累了，或許也有可能她只是老了。她終於站直了身：「打掃廚房了。」我說：「老闆娘出去一下，等一下就回來。」「唔，好。」大姊溫煦地笑著。

大姊疲累地笑著，我退出廚房。我想起有一天，大姊來找我，她偷偷問我隔天一早有沒有空來幫忙，我答應了，隔天早上，大姊在咖啡館門口等我，她的三輪車上堆滿東西，她也是這樣笑著，她用鑰匙打開咖啡館的門，得意地對我說，她自己接到一份訂單，中午以前要做出一百份便當。「剛開店，要拚一點。」大姊說。鐵捲門半拉上，在那個並不大的廚房裡，我看著大姊一個人輕手輕腳做出一百份便當的菜量，我的作用不大，只是把便當裝好，在每份便當上面夾一張大姊印好的小紙片，上面寫著這家咖啡館的店名和地址。我們把便當堆上三輪車，大姊騎著走了。那一天，在這個空無一人準備中的咖啡館裡，像是沒有人來過一樣，一切都沒什麼不同，只有我獨自坐在桌前，吃著大姊留給我的一份便當。

她護衛她生活的方式像是護衛著一種殘疾，她護衛著一種殘疾的方式會使人愛上這種殘疾。我就這樣站在廚房門口，不知道還能往哪裡走。印尼人回到流理檯前，洗著大師的杯子，他看見我，對我說：「大師回去了，錢在櫃檯上。」我點點頭。印尼人問我：「老闆和老闆娘怎麼都不在？」我搖搖頭說：「我不知道。」如果是不久之前，我想我會很嚴肅地告訴印尼人說：「因爲老闆和大師吵架，就走了，老闆娘也跟著走了。」印尼人會說：「吵架？我怎麼沒有聽見吵架的聲音？」我會跟他說，有時候吵架不一定要很大的音量。印尼人會問：「那怎麼辦？我們要怎麼關門？」我會說：「沒關係，別在意。」沒關係，別在意，他們會回來，明天，你頭上的燈終於會修好，像是沒有人來過一樣，一切都沒什麼不同。一切都沒有什麼不同，我想著大姊轉瞬即逝的笑容，我問印尼人：「大師有沒有說什麼？」印尼人說：「沒有。」

我想著他，Jammy Samtoso，這個印尼人，他每天在咖啡館洗碗盤，可以得到一杯免費的飲料，他瀏覽著菜單上的飲料名，那是他眼神最放鬆的時候。今天，他洗完杯子，如同往常一樣走到櫃檯後面，他想了一會，然後開始敏捷地拿起各種原料，他對這個咖啡館的熟稔超乎我的想像，他煮出兩杯濃綠色的東西，裝在馬克杯裡，一杯請我喝，他說這叫「台灣」，我狐疑地問：「你把薄荷油加進去煮？」他神祕且得意地說：「沒有，我沒有加薄荷。」他的「台灣」，數十種東西僞裝成的另一種東西，我喝了一口，太濃太燙了以致我根本分不清它的味道。

印尼人說：「這是禮物，謝謝你送我一本字典。」我聽了，想不起來我什麼時候送過他一本字典，後來我想起來了，我的確送過他一本辭典。那天，我在行李中翻出一本破爛的辭彙，那是我國小的畢業禮物，我心血來潮地查看「印尼」這個辭的意思，上面寫著：「國名，『印度尼西亞共和國』的簡稱，詳『印度尼西亞』條」，我不知要怪這本辭典編得太過精簡還是太過瑣碎，我瀏覽過「印象」、「印鑑」、「印花稅」……，找到「印度尼西亞」條時，已經懶得詳看底下的解釋了。「印度尼西亞」，在辭彙裡，夾在「印度半島」和「印地安人」之間，再過來是「印度支那」，我重重闔上書，我想，像這種怪書，我應該把它送給印尼人。

我意外印尼人還記得這件事，如同我始終不明白何以在我不斷的搬遷過程中，這本書始終被收進我的行囊裡。國小畢業典禮後，我領到這個沉重的禮物，我抱著它出了校門，也突然像現在這樣不知道還能往哪裡走。那陣子天天有人到家裡爭吵，我不想回家，我沿著小鎮的主街走到火車站，我把這本書丟在候車室擺放佛書的架上，然後跑開了。我沿著鐵軌旁的小巷走著，穿過軌道上的天橋，再走回來，火車站四野的圍牆上，天橋的柱子上，到處有人用歪斜的字提著怪異晦暗的語句，有一個我永遠記得：「無害人會健康。」好多年後，當我有能力搭上火車到處遊蕩時，我在一個忘了名字的偏僻小站的牆上，看見同樣的字句，我因此懷疑有一個鬼魅般不死的流浪漢，附身在火車上，一站遊過一站。我沒有那樣的勇氣，那天，我在火車站四周亂逛，將近黃昏時，我終於還是跑回去尋那本被我丟棄的書，遠遠地我就看見它安然躺在架上，偌大的整個火車站，就像沒有人來過樣，一切都沒有什麼不同，我因之深深慶幸著。

我慶幸著一切都沒有什麼不同。如今，我放下杯子，迴避過印尼人的視線，我拿起掃把，掃著咖啡館的地面，我的手又不由自主地顫抖起來，我提醒自己，專注下來，專注下來，我從來沒有眞心去瞭解印尼人的誠意，他誤以爲是的善意，不過是我瑣瑣碎碎生活裡不小心的意外。瑣碎的生活，如今我回想起來，這個冬天的確下過一場大雨，雨水打在柏油馬路上，旋轉起及腰的霧氣，在大雨之前，我父親找到了我，他還開著那輛破舊的發財車，我打開房間門讓他進來，他責怪我，又搬家了也不通知家裡，我聳聳肩，把房間裡惟一的一張椅子讓給他坐，我站在門邊，他環視著我混亂的房間，有好幾片刻我們都不知該和對方說些什麼。他問我爲什麼大學念了好幾百年都還沒畢業，我叫他別管我，他只要照顧好他自己和媽媽就可以了，他嘆了一口氣，他說，像隔鄰的某某某，念完書簽了志願役，薪水多，開支少，他媽媽幫他招會存錢，等他退伍後他就有事業的本錢了。我打斷他的話，我說：「我不能當兵，我受不了，我會自殺。」

我說謊。我這種人不會自殺，即使對未來沒有任何寄望，我還是會用最低的能量寄生下去。父親輕輕說：「隨便你了，反正現在我說的話，沒有人會聽。但是我總希望你……」「怎樣？」我大聲說。父親說：「沒什麼。」然後他再也不說話了，我說，你累了就睡覺吧，我現在要去打工了。我要往咖啡館的路上走去，才發現雨已經下得很大了，我沒有回去拿傘，我一意跑著，我感覺心中的暗影騰漲而出，我想要大聲喊叫，然而我什麼也說不出口。印尼人大喊：「歡迎光臨。」對我說：「你淋濕了。」老闆娘拿毛巾讓我擦乾，那一晚，我再次拋下我的父親，靜默而呆滯地僞裝自己在咖啡館裡，我看著天花板滲出的雨滴沿著掛燈的管線迴旋爬行，在中途乾枯了，另一滴雨水接續著，旋轉著，努力向下延伸，我抬頭呆望著這些水珠以致我的眼睛被燈光螫得酸痛，我感到莫名的壓迫感，然而我快樂極了，我以爲天花板會不斷滲出大股大股的水，整片天花板將要旋轉著向下崩解，安靜的一分鐘過去了，我沒有警告印尼人。然後，那盞小掛燈碰然爆裂，燦爛的火花，在黑暗中，旋轉著，消失了，就消失了。

印尼人不知所措地笑著，我也對他笑著。日後他安然地站在暗影裡洗著杯盤，沒有人記得要爲他修好燈。那一天，印尼人嘆口氣，用他嚴謹的中文對我說：「我好孤單啊。」我愣了一下，但我不知道要如何糾正他，我說我們不會這樣說的，印尼人問：「那你們怎麼說？」我眞的不知道，在我記憶中，沒有人對我這樣說過，或許就算有人說過，它應該或許也是更複雜更隱約的方式，我從來不屑去聽懂，我以爲孤單是不值得去化解是不值得用共謀般的遊戲去彼此取悅的。我沒有辦法掃地了，我對印尼人說：「我好孤單啊。」我笑著，同時有生以來，第一次我想念起我的父親，我的母親。我想著這個男人，我的父親，在島國經濟起飛時，他與兄弟開了一間小紡織工廠，過著自給自足不問人事的生活，然後他的生意失敗，他與自己的兄弟打官司打了好幾年只分到一輛小發財車；然後他的妻子，我的母親，整日惶惶不安懷疑有人迫害但是大多數的時候她根本不認得人；然後他惟一的兒子，我，用一種最淺薄最不掩飾惡意的方式一再想要拋下他們。我想著這個女人，我的母親，她多久不曾笑過，她的笑容必然曾經溫煦美好然而她累了，她的眉頭，眼邊，嘴角都說明她累了，或許也有可能她只是老了，她的老態和其他將老的人們一樣。他們一樣都在老去，我多麼期盼一切都沒有什麼不同，我將會因之深深慶幸著。

我感覺印尼人的手關切地搭在我肩上，我對印尼人說：「我好難過啊。」然而我笑著，我笑著想起芒果樹，僞大師，永遠的流浪者。他說：「你是個詩人。」我說：「你是個哲學家。」他說：「你好像很討厭我。」我說：「我眞高興你看得出來。」他笑著說：「沒關係，我也很討厭我自己，我只是試著喜歡罷了。」他問我：「你不相信世界上有眞正的壞人對不對？」我說：「有啊，我就是。」他友善而優雅地舉起他的巧克力牛奶，對我說：「這就對了，敬青春。」他一飲而盡，然後我看見雨中什麼都看不清的大片玻璃窗外，老闆娘和老闆相偕走進來，他們問我，你怎麼了？怎麼在發抖？我說，沒事沒事，我現在很快樂，我看見光明與黑暗，我感到快樂且冰涼。

——本文獲二〇〇〇年全國大專學生文學獎短篇小說參獎

躲

一直要到有一天，我們遠遠望見，我大伯肩上擱的，居然是我奶奶的頭
我大伯也想把我奶奶，像是一件家具一樣，放在天曉得是哪一間小屋裡
我們才體會到，事態嚴重了

今年夏天即將結束的時候，我大伯完成了他生命中最偉大的工程。他在我們村子裡，每一塊確定因人力不足而無法復耕，主權又因所有人過多而不清不楚的土地上，都立起了一座小屋。我大伯證明了他的話不是夸夸空談，據他的說法，房子這種東西，充其量只是幾面牆再蓋上個屋頂，把一塊好好的地圍起來，讓在外面的人，不能看清你在裡面幹些什麼而已。

我大伯說，有錢的人隱私多，有權的政府裡雇的有錢的人多，所以他們蓋的房子也就高大很多，但他可是窮得光明正大，正大光明，所以他蓋房子，很有一點參透世事的味道，一開始他先看準了地，然後刨禿一塊地皮，鋪上砂石，在空地四角支起四根大柱，再在大柱四點架起四根橫梁，搖一搖，看梁和柱差不多都穩固了，這時我大伯會停下來抽根菸。

在煙霧中，我大伯瞇著一雙風水師的洞眼，構思著房子的牆與屋頂，地勢低的地方易長濕氣，我大伯就釘起三面牆，地勢高的地方易悶熱，我大伯就只釘兩面牆。我大伯歷經了六十幾個春夏秋冬，這些糾結的季節讓他省略了房子的門與窗。整整一個夏天，我大伯都在田地上，表演這個神出鬼沒的戲法，我們看見他扛著木頭，從這間小屋進去，從另一間小屋出來，漸漸地，他把自己那殘破的家與自己那同樣殘破的晚年生活一起掏空了，在一間小屋裡，他倚著飯桌，孤單地吃飯，在另一間小屋裡，他架起床榻，孤單地睡著。

常有一些不曉事的後輩，笑問我大伯，這些小屋子是做什麼用的？我大伯會說，這些小屋子是看守的亭子，用來保護這些田地。如果旁人還追著問，這些廢耕的田地又無作物，雜草已經準備蔓過他那剛釘好的四根大梁了，有什麼好保護的？我大伯會撇撇嘴角，暗自嘲笑那人天眞糊塗，在他心中總會出現那樣空蕩光亮的一片風景，這使得我大伯慣常地沉默了片刻，然後他會正其顏色，擺出訓誡晚輩的語氣說，就是空地才要小心保護，要小心，外面的人整天開著卡車進進出出的，趁你不注意，倒了一整車的廢土在你的田地上，或者反過來，把你一整塊田的好土都挖走，到時候，你哭爹叫娘都來不及。

至此，我們都相信我大伯有點神智不清了，我大伯沉浸在過往的回憶裡，卻還整天把新聞裡報的事掛在心上，這樣日子就很難正常過下去了。在我們的心中，存在著一個不遠不近的現實，這個現實比昨天的哀傷近，比明天的憂慮遠，我們信任這個現實，因爲這樣微妙的距離，常讓我們激發出一種連自己都感到意外的悲憫情懷。我們每天看著我大伯在田地上忙碌，卻沒有人有想要阻止他的意思，畢竟，我大伯外出的這幾十年，我們也做著一樣的事，不同的是，我們請來挖土機和一批建築工人，仔細測量，議定好範圍，用水泥封起土地，在上面蓋起獨門獨戶的洋房；或者，我們花費一番工夫，讓農地不再是農地，上面可以拓寬馬路，或者蓋起工廠。如果眞要比較的話，我只能說，我大伯的所作所爲，眞像是一場無害的惡作劇，跟惡作劇的人，你能認眞什麼？

現實是，是的，除了我們那個已經不能言語的我奶奶，也就是我大伯的母親外，我大伯是我們每個人的長輩，因爲這個緣故，我們能容許他在我們日常相聚閒談的那棵大榕樹下，也支起這樣一座兩面牆的小屋。這個酷熱的夏天，我們擠坐在我大伯釘的床板上納涼，拘謹地膝蓋頭頂膝蓋頭，從外面看，就像是一整個家族的人同時裝進一個隨時要塌陷的木箱裡一樣。在唧唧蟬聲裡，我們看著我大伯，又肩著木頭，或是一柄榔頭，也有可能是一床棉被，或是一張桌子，對我們怪異地獰笑一下，隨即走遠了。

一直要到有一天，我們遠遠望見，我大伯肩上擱的，居然是我奶奶的頭，我大伯也想把我奶奶，像是一件家具一樣，放在天曉得是哪一間小屋裡，我們才體會到，事態嚴重了。

我大伯在年輕時和他爸爸，也就是我爺爺，大吵了一架，就跑進山裡挖煤礦了。這期間，我奶奶每天天沒亮就起床，用很大的咳嗽聲或很小的詛咒聲，警告我們這些貪睡的後輩，然後腳不點地跨出三合院的門庭，去田地裡忙碌一整天，即使是我爺爺出殯的那一天也沒有例外。老房子拆了，新房子蓋好了之後，我奶奶省去了咳嗽或詛咒的程序，只是在出門時，把鐵門用力帶上，然後我們都知道，得趕快起來了。

新房子蓋好之後，我奶奶出了門，連午飯都不回家吃了，她在田裡伏摸一整天，傍晚時，我奶奶忖著日頭，準時在夕陽將要落下時回到家，照樣一言不發。她的影子拓在水泥地上，看起來比在黃土地上乾扁枯瘦，人好像也一天一天矮了些。

然後有這麼一天，太陽落下了，我奶奶還沒有回來，我們走出家門，到田地上去找她。與其說是找，不如說是我們心照不宣地朝著某一個特定的地方走去，我們看見，我奶奶縮著身體，躺臥在水塘邊，睜著眼睛瞪視著我們，不，或許我奶奶並沒有瞪著我們看，因爲天色暗得很快，我們其實很難看清倒在地上的我奶奶，如果我奶奶能看見什麼，那一定也是我們這些後輩們連在一起的，一抹模糊的影子。那時候，四周眞是安靜極了。我們沒有任何騷動不安是因爲，我奶奶其實已經好多年沒有對我們說話了。

幾天之後，我們去醫院領回我奶奶。我們決定將她安置在我家廚房一張躺椅上，在那裡，我們替她擦身、換尿布，有時候甚且爲她咳嗽，或者詛咒彼此一番。我奶奶有時候會睡著，但是大多數的時候，她就那樣魚著一雙眼睛，吃飯的時候，我們會說，奶奶，該吃飯了，然後將米湯，慢慢灌進我奶奶臉上的嘴孔，於是縮著身體的我奶奶，看起來，開始又胖了些。

然後我大伯就回來了。我大伯在我們家門口望了望，沒有要過來的意思，倒是我爸爸，也就是我大伯的弟弟見了他，像是看見鬼一樣慘叫一聲，呼一聲打開鐵門，於是我大伯就站在我們眼前了。他看了他弟弟兩眼，又多看了我們這些不認得的晚輩幾眼，然後他一轉頭，透過一道門楣，一眼就看見廚房裡縮在躺椅上的，胖得像球一樣的他媽媽。然後他又轉頭盯著客廳嗡嗡作響的電視看，像是要確定他並沒有來到外太空，如果眞有什麼不同，那只是因爲他離家太久的緣故罷了。

我大伯滿意地點點頭。然後他問我爸爸，後面田地搭起的棚架底那一整片蘭花，都是他種的嗎？我爸爸偏斜的頭用力地點了點，我爸爸雖然已經治好了重聽的毛病，但有時他還是不自覺地用一隻耳朵對著正在說話的人。我大伯又問，前面的田地已經賣給工廠了嗎？我爸爸又用力地點點頭，然後我爸爸突然說，是爸爸，也就是我爺爺，賣的地。

我大伯的弟弟的妻子，也就是我媽媽，覺得應該自我介紹一下，於是她輕輕喊了一聲，大哥，然而我大伯已經行李上肩，出了鐵門，於是，我們一整個家終於沒有陷入混亂中。我大伯站在我家門口，覷了覷合攏上來的，春天的星光，春天多雨，正是溪流騰漲，漁船開始驅趕東北季風的時候，那時候礦場也會寂寞一些。我大伯嘆了一口氣，我們也鬆了一口氣。我大伯往門外的舊房子走去，那是「ㄇ」字型的三合院僅存的左邊那一角，像是一段尾大不掉的盲腸，然而我們終究沒敢拆，像棄置一座墓園一樣任它荒廢著是因爲，是的，在我奶奶還能數著自己的影子時，在她低聲的詛咒裡，她每每預言著，這一天將會來到。

於是，我大伯終於回來了，他花了一個夏天，蓋好了十一間看守土地的亭子。有一天，我大伯的肩上依著我奶奶的頭，一聲不響地從我們面前經過，沒有人知道他是如何進到我家，把我奶奶背出來的。在那棵我們日常相聚閒談的大榕樹下，我爸爸就坐在我旁邊，我爸爸虎著身體一跳躍到我大伯面前，歪著頭問我大伯，你想把媽媽背到哪裡去。

我大伯愣了一片刻，沉默了兩片刻，他俯視著比他矮兩個頭的我爸爸，我奶奶的嘴角淌著米湯，很快地濡濕了我大伯的肩頭，但米湯隨即又乾了，在我大伯的肩頭結了痂，像是褪落的死蛇皮，僵持著不動。我大伯直了直腰，他說，我是長子，媽媽由我來養。我爸爸還是虎著身體，這個姿勢讓他有一種怪異的威嚴感，他說，別亂了，大哥，你也不想想。

我爸爸究竟要我大伯想什麼，他就這樣止住，沒有接著說。我大伯又把我爸爸從頭到腳看了一遍，然後他突然轉身，把我奶奶，又背回了我家。

我們都站起來了，看著我大伯背著我奶奶，一步一步往回走，我爸爸無聲又無奈地低呼了一口氣，這使得他那微駝的背又更彎了些，剛剛那如虎般的威嚴也頓時沒入正午的蟬鳴中。除此之外，沒有人知道應該說些什麼。

我大伯低著頭走著，漸漸地，他覺得肩上的我奶奶已經不再吐著米湯了，我大伯聽見我奶奶沉悶地響了一聲，聽起來不太像是人類的聲音，我大伯以爲我奶奶將要開口說話了，他驚愕地回頭一望，一瞬間，他不太確定自己背的是什麼，他看見一張多皺的肉臉上，一個黑暗的嘴洞正朝著他的鼻孔噴氣。我大伯聞到了一股糜味。

我大伯時常聞到奇怪的味道，他把這些都當成是神祕的呼喚。很多年以前的一個冬天，我大伯站在田地上，就確確實實聞到一股鮮魚的味道。那是一段不得不豐收的年歲，即使是冬天的時候，田地裡的工作也不能稍停，熟稻收割了，又急著下苗，趕在過年以前，還能收穫一次。我大伯聞到了一尾大魚，壓低著身子，從遠方看不見的碎石路上緩緩游來，當我大伯扛著鋤頭，走到路旁時，他沒有看見任何在路上游走的魚類，他只看見一輛塞滿人的大卡車停在路邊，然而，那魚肉的味道是如此的濃烈鮮美，使我大伯看著這一群陌生人，唾液仍不自覺地分泌著。

站在卡車上的人們的皮膚，都曬成一種無法褪色的黑，我大伯從他們的頸背臉頰上，看見一片一片如魚鱗般因過度焦烤而僵硬壞死的皮膚，皮膚上黏著灰黑的鹽粒，他們暗紅的血色從魚鱗皮的縫隙透出，我大伯確信這就是那股味道的來源。我大伯一直無法言語地吞著口水，直到他覺得乾渴難忍，直到斜身靠在車頭頂的那一個少年問他，往後山的路是不是往這邊走？我大伯才回答說，是的。我大伯問他們，要到後山做什麼？少年回答，挖土炭。我大伯問，山裡有土炭嗎？少年回答，山裡還有黃金呢，要一起去嗎？一整車的人都笑了，那少年的笑容是那樣開朗，沒有任何嘲笑的意思，少年揚了揚手，又復拍拍車頂，卡車呼呼發動引擎，朝山上開去。

車子從我大伯身邊經過時，我大伯看見車頭的那個少年，這時居然站在車尾。我大伯當時嚇了一跳，他以爲自己看走眼了。

當時，我大伯想起來了，這群人必定是來自臨村的討海人，進入冬天以後，有三個月不能出海，這時他們下了漁船，就要像這樣一車一車地離開海邊，入山找生計。以前我大伯的爸爸，也就是我爺爺，就常常指著那些受雇來幫忙收割稻子的討海人說，在海上工作四個月要吃一年，沒有地的人，你說苦不苦？

現在，我大伯想起來了，那個少年的手勢就是一個神祕的呼喚，我大伯回家吃午飯時，他把鋤頭倚在門邊，他告訴我爺爺，他也要入山挖礦。我爺爺坐在飯桌邊，一腳翹在條凳上，正死命地扒著飯，沒有理會我大伯的意思。坐在他旁邊，一臉黃泥的我爸爸，抬頭眨巴著他那雙黑白分明的小眼，看了我大伯一眼，又把整顆頭埋進手裡的那碗飯，只警覺地拉長了耳朵，我大伯也嫌惡地回了我爸爸一眼。於是他又說了一遍，我也要去後山挖礦。

好啊，我爺爺說，趕緊去啊，暗時帶一點土炭回來燒。說完他自己哈哈大笑了起來，把我爸爸豎著的耳朵旁那顆頭震得離了飯碗，後來我爸爸有些重聽，一定是因爲他總是坐在我爺爺旁邊的關係。我大伯深深地嘆了一口氣，那一陣子我爺爺心情很好，那是因爲他終於修好了房子，而且總算有了自己的地的關係。我大伯說，我是說，我不要種田了。

這句話果然引起我爺爺的注意，我爺爺抬頭看著剛剛端著一碗菜湯進來的我奶奶，他對我奶奶說，妳聽聽看他在說什麼猾話。我奶奶沒有回答，她慢慢走著，穩穩當當把那碗菜湯放在飯桌上，然後她就站在桌旁。我爺爺站了起來，來回踱著方步，良久，他很認眞地問我大伯，種田哪裡不好？

等不及我大伯回答，我爺爺接著說，你知不知道，我們現在種的是自己的地。我大伯低低地說，收了的稻穀，差不多都還回去了，說到底，有了地也不見得較輕巧，況且，況且，我大伯盯著我爺爺看，遲疑了片刻，他並不是害怕，只是不知道爲什麼突然有些不忍，我大伯皺皺眉頭，接著說，況且，今天政府高興說要給你，明天他不高興還是收了回去，到時你也沒他辦法。

我爺爺後退了一步，他回頭看看我奶奶，這使我大伯不能看清他的表情，於是他看看我爸爸，想從他那裡看見什麼，然而我爸爸只是低著頭。你不知道，你不知道，我大伯聽見我爺爺喃喃地說，戲棚下站久的人的。突然，我爺爺轉過頭對我爸爸說，你怕艱苦對不對？我告訴你，做什麼都艱苦，有一塊地，最無你還知道艱苦是爲什麼，比如講，比如講，你看看那些討海人，腳不著地四界追魚，艱苦四個月要吃一年，你說苦不苦？

我大伯搖了搖頭，他向來就討厭我爺爺這樣隨便猜測自己的心意，然而，當時他自己的心意是什麼，其實我大伯自己也說不清，所以我大伯只空空地說，我已經決定好了，我不要種田，一年透天，無個了結。

你要什麼了結，你要什麼了結，你七少年八少年你想什麼了結？我爺爺終於發怒了，他說，好，要去就去，以後咱這些田沒你的份。這樣最好，我大伯忍不住還是回了我爺爺一句，然後，他回過頭，走出大廳，走過我們門前的庭地，走進他自己的房間。

我大伯在自己房裡，很快收好了行李，然後他默默在床沿邊坐了一會，他看見我爺爺大跨步走出庭院，要到田地裡去，我大伯依舊沒有看清我爺爺臉上的表情。房門很窄，即使是新修補好的門面也是一樣，我大伯事實上只看見了我爺爺幾個模糊的步伐，很快他就消失在門框後了，然而我大伯依舊坐著，甚至沒有偏頭讓目光跟上去，那是我大伯最後一次看見我爺爺。下午的冬陽暖暖地照著，我大伯突然有一種輕鬆的錯覺，這種感覺讓他微微覺得昏眩，他正要起身拾起行李，看見門邊還有一個人鬼鬼祟祟向自己張望。

那是他弟弟，我爸爸。我爸爸下巴垂著一團飯粒，飯粒黏在他黃泥一般的臉上，我大伯覺得，這些飯粒很像是直接從他臉上長出來的，秧苗插在他臉上相同的這抹黃泥上，稻子在他臉上這抹黃泥地上長了稻穗，稻穀曝曬在他臉上這抹黃泥地上，稻米在他臉上這抹黃泥地上去殼，米飯在這抹黃泥所砌成的灶上悶熟，他們一家人吃了下去，然後再在這抹黃泥地上插秧，我大伯這樣想著，然後他招招手，喚我爸爸進來。

大哥，我爸爸叫了一聲，接著就沉默不語，我大伯等了一會，見我爸爸呆站著，只好問，什麼事？我爸爸把左邊的耳朵轉過來對著我大伯，這意思是說，他沒有聽清楚我大伯剛剛說些什麼，我大伯走近一步，然後大聲說，你有什麼事？我爸爸這才拿出一方鼓鼓的毛巾，我大伯看了，深怕他會從毛巾裡掏出一條黃瓜，或是一把芹菜，就像他每天在田地上忙碌，傍晚時總有辦法帶回一點不知道種在哪裡的東西一樣，但我爸爸只從毛巾裡掏出一疊摺得皺皺方方的，像是再也無法攤平的鈔票。

這個給你，我爸爸說。我大伯很驚訝，他對著我爸爸的耳朵大聲喊著，你怎麼會有錢？我爸爸聽了，以爲我大伯在質問他，於是他低頭小聲地說，這是我自己存的。我當然知道是你存的，我大伯大喊說，我又沒說是你偷的。我是說，我大伯是想問，你怎麼有辦法存到這些錢？但是他突然覺得這句子已經太長了，他不能確定我爸爸能否全部聽完，於是他只是從我爸爸手中接過那疊鈔票，然後對我爸爸說，多謝你，我會還的。

我大伯把行李背在肩上，走出自己的房門，他回頭，看見我爸爸還用耳朵對著他，於是他使勁吼著，我說，我會還你的。我知道，我爸爸也對我大伯用力吼著，他用手指指自己的耳朵，意思是他早就聽見了。他的表情也彷彿要哭了。

我大伯走出房門，走到那條他第一次看見那輛載滿討海人的卡車的碎石路旁，他看見我奶奶站在那裡等他，我奶奶淡淡地告訴我大伯，到外面如果受不了苦，還是回來好了，我奶奶要我大伯別擔心，因爲我爺爺說，該留給他的地他會幫他留著。我大伯問我奶奶，這些話是她自己說的吧？因爲我爺爺絕對不會這樣說。我奶奶依然張著她那雙篤定的眼說，都一樣，我說的就是他說的。我奶奶說，我等你回來。我大伯無所謂地聳聳肩，片刻沉默後，他對我奶奶說，我走了。然後他朝著碎石路，一步一步向山裡走去。

於是多年以後有這麼一天，當蒼老的我大伯背著我奶奶要走回我家時，他被我奶奶所發出的一聲悶響嚇了一跳，他以爲我奶奶就要開口說話了。在他年輕的時候，我奶奶那些簡潔的言語總是能給他最大的安慰，然而這次他回頭，只看見我奶奶張著一張光滑的嘴，像他在海上見到的海豚的氵心孔那樣對他吐氣。當我大伯又跨出一步時，他覺得自己踩到什麼東西，他很快提起腳尖，一低頭，他看見我奶奶的假牙掉在地上。

我大伯撿起了假牙，看了一會。他突然又向我們走來，然後，他突然咧著嘴大笑，嘩啦嘩啦說了一長串的話，他笑得那樣開懷，使我們很難聽清楚他在說些什麼。我們看見我大伯手上拿著我奶奶的假牙，只恍惚聽見我大伯說，你說好不好笑，阿母把早餐吐完了，沒東西吐了，所以所以所以，她把自己的牙齒也給吐出來了，哈哈哈哈，你說好不好笑。

你說好不好笑。我大伯對著我爸爸的耳朵用力地喊，他不知道，自從不需要再坐在我爺爺旁邊吃飯以後，我爸爸的耳朵已經好了。我大伯一甩身，把我奶奶甩到懷裡，他說，讓我看看還有什麼東西是假的，接著就伸手撥弄我奶奶的耳朵和鼻子，我爸爸趕緊把我奶奶給抱了過來。我大伯依舊哈哈笑著，拿著我奶奶的假牙，自顧自地走了，就像多年以前他自顧自地走在碎石路上，往山裡走去一樣。天曉得他想把我奶奶的牙齒藏到哪裡去。

多年以前，我大伯在那段碎石路的盡頭，發現那輛被討海人拋棄的卡車，像是一艘擱淺的船。他接著溯溪而上，當他終於來到山谷時，他看見山谷四面的土地，都已經被挖翻了，山壁上張著幾個口洞，那就是礦坑入口了。

我大伯找到了礦工領班，領班只問他怕不怕黑，我大伯說不怕。領班說他說的不是那種你半夜起床解手還能掏出自己傢伙的那種黑，他說的是那種既稀薄又濃稠既熾熱又冰冷的那種地底的黑。我大伯疑惑地看著領班，他看見那個少年討海人出現在領班背後，對他頑皮地做著鬼臉，少年像是脫去了一層魚鱗皮一樣，他的臉色白了許多，我大伯也對他笑了。領班說你笑什麼，有幾個人就受不了這種黑，在礦坑底發了瘋，這可是很危險的。我大伯說，我不怕那種黑。領班說好吧，你先推台車試試，懂嗎？礦坑都有軌道，你推著台車下去，把他們挖的東西推上來，我大伯說懂了，這很簡單。

我大伯在黑暗的地底工作，那群捕魚郎們用撒網的手挖著炭塊，放進我大伯面前的台車，我大伯推著台車，從深深的地底向洞口推來。地底的光是沒有層次的，眞正的光亮總是到洞口才猛然炸開，等我大伯終於能看清楚四周時，他看見的，居然還是在地底那張少年的臉。我大伯後來才終於明白，這不是同一個人，他也沒有看走眼，這是那少年的妹妹。我大伯總是這樣說，你哥哥在底下很平安，或者他會指指自己的頭，對少女說，我們都還沒有發瘋，然後少女會對他笑一笑，我大伯把台車的炭塊倒進小女孩的台車裡，然後少女骨碌碌地推走了。

然後事情有了些不同，領班所說的那種黑暗，並沒有帶給我大伯多大的困擾，倒是洞口的光明，像是在對我大伯開著玩笑。我大伯每次走出洞口，都會覺得這個少女跟上次見面時有些不同，漸漸地，我大伯再也不會把少女和她哥哥搞混了。第一次，她的頭髮好像長長了一寸，頭髮披散在光裡，遮住了她一半的臉；第二次，她的嘴唇紅潤了十倍，整張臉紅過正午的太陽；第三次是她的手，第四次是她的腳。

我大伯改問少女，妳叫什麼名字？妳喜歡吃雞肉嗎？然後我大伯不再問她問題了，我大伯告訴她，台車要這樣推，今天比較熱，小心那邊的路。然後我大伯不再和她說話了，我大伯晚上在工寮裡，就著日曆紙，塗塗畫畫，然後在台車交遞時，把這一片片紙片也遞給少女，有時我大伯畫了一朵花，在旁邊畫上少女的臉，有時我大伯畫了一顆日頭，在旁邊也畫上少女的臉，有時我大伯寄望能寫些什麼，於是他拿著紙片，到處描著貼在或刷在牆上的賀詞，他以爲那些字也許能比自己多說些什麼。有時他寫給少女，恭賀新禧，有時是，保密防諜，人人有責，有時是，請至村公所領取滅鼠藥。

春天到了，討海人們要回到海邊，他們下了山，找到那輛擱淺的卡車，整群人都走了。領班搖頭嘆氣，我大伯也憂鬱許多，他代替捕魚郎們在地底挖著炭塊，覺得洞口的光明不再吸引人，而地底的黑暗開始令人覺得不安。夏天過了是秋天，接著冬天又到了，討海人又回來了，這時我大伯堅持要推台車，理由是他還是怕黑，只有這理由能讓領班接受。

冬天又將近的某一天，領班看著收穫的報表，咬著牙說，等那群討海人又來了，他一定要偷偷下山把那輛卡車給燒了，但領班隨即又嘆口氣，說燒了也沒用，這群人如果要走，爬也爬得回去。這句話給了我大伯一個靈感，於是有一天，他把這一年所寫的紙片藏在懷裡，離了礦場，沿著碎石路而下，向海邊走去。

我大伯不知道自己究竟走了多久，因爲海岸線曲曲折折，有時他覺得自己走了很久，回頭一望，同一個海岬，仍在不遠的地方。有時他覺得游泳也許會快一點，於是他試探著下水游一點距離，漸漸他發現，如果只想著一件事，那麼游泳也不是一件太難的事。我大伯的衣服濕了又乾，乾了又濕，終於，他找到了那個漁村。

我大伯在漁村的小街上走著，他看見廟前的廣場搭起了棚架，很多人坐在棚架下吃著酒席。那少年看見我大伯，走來一把抓住他，少年扯著我大伯未乾的衣角說，你不會是游泳過來的吧？我大伯笑了笑。少年又說，來得正好，你趕上了吃散海。少年大概已經喝了許多酒，我大伯問什麼叫散海，少年爽利地說，船東今天擺酒席，謝神算錢走人，明年再相會。少年接著說，不過他明年不回來了，有一個大老闆請他們上大船，他們要出大洋賺美金，因爲政府把他們全村都買下了，要蓋電廠，所以他們不能住這裡了，他妹妹嫁人了。少年說，所以今年冬天他們不回礦場了。

我大伯直直看著少年，然後他呆呆地問，你有幾個妹妹？少年說，當然只有一個，然後少年把他拉進棚架裡，加入那一群歡樂的人潮，他的同伴裡。

少年又灌了很多酒，他搖搖晃晃走著，拉了我大伯到海邊，海邊的一片緩坡上，稀疏的防風林等高伸展，中間錯落著幾間平房，居民們都聚集在小廟前的廣場了，斷斷續續的小徑上只有一些穿著工務服的人，拿著標竿，在丈量土地。我大伯發現，站在海邊，很難眞正辨清風是從哪個方向吹來的，這些海風在海面上，是令討海人們困擾的強韌的東北季風，在岸邊，它們把自己蜷曲成一團團粗圓的麻線球，沒條沒理地消失無蹤。

少年說，那些在丈量土地的人就是來建電廠的，以後這整片地都不能住人了，連海岸都要封起來。我大伯說，那以後就不能游泳過來了。少年笑了笑，他說，要游泳還可以。少年指了指另一端的海岸線，他說那一邊也有人在買地，說要建一個什麼「海水浴場」。少年說，但是以後要捕魚就眞的沒辦法了，不過沒關係，你看到那個人嗎？我大伯照著少年所指的方向望去，他看見在一個被合抱的小小淺灣口，一個小小的人影正在一艘舢板上撒網，少年說，再繼續用那種魚網網魚，很快地岸邊連小魚苗都找不到了，所以少年說他只好出遠洋去抓大魚了。

我大伯默然不語，他還在想著那麻線球一樣的海風，如同以往一樣，在他心中有一種逃離的衝動。良久，我大伯問少年，那艘要出遠洋的大船缺不缺人？少年說，大概缺吧，但是你得先會游泳。我大伯說，我早就會了，你不信嗎？我大伯突然衝下緩坡，衝進海裡，他在寒冷的海水中用極不標準的姿勢扭動手腳，很快就讓自己浮了起來。少年在岸邊看了哈哈大笑，他也奔跑直下，在海水及腰的地方，一個翻身，沉進了海底。我大伯明白了，這才叫游泳。

從這一天開始，我大伯加入了討海人的行伍。在船上要學的事很多，但我大伯發現，就像做所有的事一樣，如果你不用心講究，事情突然變得簡單很多。他們很少游泳，大部分的時候，我大伯和一群水手擠在擁擠的船艙裡，爲了多占一點空間而耗費心機。我大伯看著少年變成中年，然後他的額頭刻著深深的皺紋，這比看著自己逐漸老去還要恐怖。我大伯不太記得是在哪個港口和少年分散的，只記得那好像是在回程的某個中繼港，我大伯正在檢點一箱箱的電子錶和洋菸，電子錶可以在回航的海面上，和別的漁船交換漁獲，彌補一點漁獲的短缺。

他們出航的週期已經一次比一次短了，因爲船東終於想通了，在洋面上來個轉口貿易，比眞正放網捕魚要賺得多。這時我大伯突然有些想家，然而，他不太確定自己想的是什麼。少年已經不再年輕了，他喝了酒，搖搖晃晃地走進船艙，我大伯抬頭看了他一會，他告訴少年說，我剛剛想起一件事。他問少年，你記得你妹妹嗎？什麼妹妹？我沒有妹妹，我告訴你，少年腳步扶搖，可以感覺他快要吐了，這不是一個好預兆。少年說，我剛剛也發現一件事，沒有人會在乎我們的。說著，少年又搖搖晃晃出了船艙。

我大伯想著少年的話，這話聽起來很像是年輕人一時的感觸。是啊，年輕人的話語裡充滿了一時的感觸，當我大伯與其他船員的年紀相差愈來愈大時，他愈容易察覺這樣的現象。今天他們高興，明天他們難過，今天他們頹唐自卑，明天他們發憤振作。他們船長的年紀愈換愈小，脾氣也愈來愈暴躁，現在這個新船長就時常對我大伯吼罵，在裝卸貨物時，他會吼著，老傢伙，動作再不快一點，我就把你丟到海裡去。我大伯把那些也當作是一時的感觸。

最後一次回航時，我大伯那艘大船，在洋面上被幾艘小舢板困住了，我大伯隔著窗戶看，心想，又遇上了。年輕船長衝進船艙罵道，媽的，這些共匪來硬的，大家抄傢伙。我大伯跟船長說，這不是辦法，船長說那你有什麼辦法？我大伯走出船艙，跟舢板上那些人比手畫腳談判一番，接著就放下船梯，招呼他們上來搬東西，帶頭的那個人臨走前，敬了我大伯一根菸，送了船長一箱快要爛掉的魚，很親熱地和船長握手，一副有緣千里來相會的樣子。

當他們終於又回到終點港口，我大伯匆匆發散完貨物，正準備回船艙休息片刻時，他看見船長一手插著腰，一手拿著我大伯的行李，船長告訴我大伯，不用再上船了。

於是我大伯就這樣，默默地往我家走來，剛走在陸地上有些不習慣，就像很多年以前他不習慣游泳一樣，但很快地，一切就沒有差別了。柏油大馬路沿著海岸修築，我大伯一路走來，看到了兩座巨大的電廠，還有很多座「海水浴場」，小漁港改建成中型漁港，我大伯想，果然已經沒有人會在岸邊撈魚了。我大伯走到了我們村莊的入口，突然肚子痛了起來，他急急地離了大馬路，他還記得附近應該有一個雜草叢生的墓園，可以就地解手。

墓園果然還在，沒有改建成其他的東西，這令我大伯安慰不少。我大伯想起了他有一次喝醉的時候，他衝出家門，跌跌撞撞地衝進田裡，在縱橫交錯的田壟上，他一腳就能跨過一個水塘，他像是一名巨人。對了，我大伯心想，我是一個巨人，我的血液衝突在我的指尖，我是長了翅膀的大鳥，黑夜來了，我是長了翅膀在黑夜高飛的大鳥，大鳥高飛，想要自隱而去，飛過田莊、被挖翻的山，還有一面大洋，看那九淵裡的魚兒，伏藏在深海底很愛惜自己。既以遠離亮光而隱蟄，難道還要去和螞蟻與蛭蚓爲伍嗎？一千年前的古人，用我大伯不能理解的文字這樣寫著。

呼呼呼。我的大伯看見自己飛了起來，或許他並沒有飛得太遠，因爲他一回頭，看見他的家人，不遠不近地跟著他，黑暗中看不清楚他們的表情，是的，我大伯一定不明白，在很多神話中，回頭，哪怕只是回頭一瞥，都能成爲一個致命的禁忌。我大伯的血脈飛騰，但這並不能使他走得更遠，我大伯感受著突突作響的脈搏。這裡是腕動脈。這裡是咽喉。這裡是心臟。這裡是太陽穴。然後我大伯心想，我一定有病。

我大伯在這時回頭，他沒有看見就葬在他面前的我爺爺。我大伯這樣想著，我一定有病，不然在我年輕時，我怎麼會把我的家人都當作螞蟻呢？我的爸爸是螞蟻，我的媽媽是螞蟻，我的弟弟是蛭，我是一條蚓，那些四季不分的氣味，海邊的潮濕的腥味，一線光明的地底的生煤的羶味，擁擠的擁擠的肉體，擁擠的擁擠的衣不蔽體的，那底下的柔軟的削圓的，那肉體，在那山海之間那崎嶇的侵蝕的汗漬摩肩擦踵渾濁痲癢渾濁痲癢的。那被汗浸濕的。

那夢境。在夢裡總有一些事發生，醒來時大多會忘記，我大伯眞的沒有走太遠，他數十年的離家在外，比較像是一種安慰自己的姿態，然而當我們模仿著他人，滿心做著聊以自慰的事時，某些事也就這樣經過了。現在，我大伯蹲在墓園的雜草間拉著肚子，當他起身拉起褲子時，他看見五十公尺外空空蕩蕩的海水浴場，想著這些過去的人，在黑夜來臨時，也可以相約到海水浴場學泅水，死去的人用焦黑的冥紙，跟死去的售票員買入場券，然後把入場券交給旁邊死去的管理員，然後他們就能在黑暗的溫柔的海面上洗去塵埃。

有人在等待我嗎？墓園的野鬼們，你們願意與我爲伍嗎？因爲我是連別人的記憶都進入不了的孤魂。

我大伯轉頭，看見那條小河在他的左近出海，在他面前彎彎曲曲環抱了一片河灘，這時他又有一個想法，我大伯覺得，這個出海口也像是他的村莊的一個巨大肛門，因爲它隨時有可能就這樣，把一個完好無缺，或者筋疲力竭的身體，給排了出去。我大伯就要回家了，這想法令他有些害怕，於是他靜靜地坐在海邊，等到天黑，這才慢慢地站起身來。

——本文獲二〇〇〇年台灣省文學獎短篇小說優選

離

我把毛巾捏了一個角，沾水，為母親描起臉。眉毛，眼皮，鼻翼，嘴唇耳廓，但它們都歪斜了，彷彿正一分一分不斷脫落，我害怕極了，以毛巾拍打母親的臉，想要叫醒她切都是慢慢準備好的，母親照常在每個週日到鎮上的市場，有一天，她帶回了一個服飾店的塑膠袋，裡面裝了一套新衣。

一九九八年五月，二姊訂婚的那一天，母親叫醒我，我看見房間兩面新掛上的窗簾，濾好了整室粉肝色的光，均勻濃稠得像可以切片一樣。

母親已經換好了衣服，棗綠色的裙裝，不同的深淺勾勒著抽象的紋路，我想像她不知在何時醒來，下床，從牆上取下「豪美女飾」的袋子，換上，低身就著鏡子，整理她被枕頭壓亂的髮型。

那時候，我作了一個混亂的夢，這個夢和昨晚母親說的事有關。母親說，下了幾天雨，讓她們工廠廠房顯得很潮濕。「機器在漏電。」母親說，她幾次看見青綠的電流蛇行通過地板，都以爲是自己的錯覺。

「果然。」母親說，快下班的時候，意外就發生了。

我不知道母親從多久以前，就開始在心中暗自擔憂意外會降臨。說到最後一句話時，母親的左眉揚向一個特異的角度，臉上的五官像要四散一樣撤開，然而那僅僅是一瞬間的事，很快，一切又恢復原狀。

在當時，就是這個像一聲短嘆一樣無義的歪斜表情，令我全身警覺。

發覺我良久地注視著她，母親低頭，下意識地捏摸自己的鼻頭，因爲必須經常戴口罩的關係，每年快入夏的時候，那裡就會開始長出紅色的汗疹。

我趕緊起來，看見母親的手緊握著袖管，即使是今天，母親仍選了一套長袖的衣服，在這種時節，要在街上那家服飾店挑出這套衣服，母親必然花費了一番唇舌。

母親的手微微上移，引領我注意到新衣胸口的一道褶痕，褶痕在左邊，由接近衣領的位置，直直向下，落至腰際，工整得像是一條切割線，劃在母親的身軀上。

母親塗了口紅，在過去，我從未見過母親化妝。

過道上，兩筐搓好的湯圓放置在餐桌，旁邊是一鍋熱粥。

我走到客廳，看見大姊交疊著手站在大門旁，望向門外，我站在背後，順著大姊的視線，看見明亮的陽光把棚架的陰影收縮在柱角，棚架底下疊著塑膠椅與紅色的圓桌面。總鋪師父的大貨車停在棚架外，他們正要升起爐火。

大姊沒有看我，她向屋外微微努嘴，對我說：「眞可怕。」

我向大姊示意的方向看去，看見在棚架外不遠的那棵榕樹下，女人已經坐在樹蔭底。

「一大早她就坐在那裡了。」大姊說：「一定是昨天晚上就在這裡了，昨天工廠發薪水。」

我看看大姊，才發現她的衣服也是新的，鵝黃色仿旗袍式的洋裝，絲襪，兩腳踩在拖鞋上。

「妳站在這裡多久了?」我問大姊。

大姊沒有回答，她還是盯著女人，不久，女人挪了挪位置，漸漸轉頭看向這裡，我看見她臉上濃厚的脂粉，不知眞的因爲隔夜而消褪了，或者純粹只是距離使然，暈著一種粉白的光澤，卻又難以說清是什麼顏色。

還來不及看清，大姊緊張地把我拉進屋內。「快走，她要過來了。」她在客廳的椅子上坐下，呼了一口長氣說：「眞可怕，我在這裡看了她半天，她還不走。」

我又走到大門口，看見大伯走出他的屋子，緩緩踱向樹蔭底。

再回到房間時，母親已經把通鋪整理好，正用一塊布擦拭著草席，這裡準備作新娘休息的地方。母親要我也換一套衣服。

「穿顏色亮一點的。」母親說，就提著水桶走出房間，我掩上房門，在房間裡坐了一會，房間整潔得像是容器一樣，讓人不知不覺就抬眼看著天花板。

直到聽見了人聲，我才站起，打開衣櫥，母親把被褥都塞進衣櫥裡，上層掛著的衣服就全堆疊在被褥上，我們日常所使用的衣物，現在全堆積在一起。

鄰居們擠進客廳時，我才明白母親是多麼用心地想要空出地方來，椅子靠著牆，一張茶几挨著大家的膝蓋，餘留在客廳裡的都成了不可免的擺飾品。然而家具們愈要讓位，就愈顯得空間狹小，外面的人和裡面的人對看，互相覺得失禮了，兩班同樣的人在進進出出。

母親拿了一盒花，分給大家簪在頭上，我接過，布料裁成的紅色花瓣，簡單地別在髮夾上，阿婆堅持她不要粉紅的，就近與我交換。

「啊，誰給妳呷菸？」嬸嬸搶過奶奶手中的菸，踩熄了，丟在垃圾筒裡。

「伊呷菸手會抖。」嬸嬸說。阿婆對我們使眼色，菸是她給的。

「我現在來看一下就好，」奶奶說：「等一下請客時我就不來了。」

「為什麼？」

「人家會說我拄著拐杖還來，這麼貪吃。」

「妳怎麼這麼講？」嬸嬸說。

「就是嘛。」阿婆說：「今天是妳孫女訂婚，不請妳要請誰？」

「伊以前講話就是這樣了。」嬸嬸說。

嬸嬸說的以前，應該是指比三年前更久的從前。三年前，奶奶中風以後，彷彿又以一種獨斷的方式，重新生長了一次，這次的生長，遷就肉體原先的記憶，當奶奶拄著拐杖行走時，我感覺，奶奶的神情除了每一步向前邁進外，還像是要小心翼翼的，把一團巨大的痛苦，給讓渡到後面。

奶奶顫巍巍地伸出右手，抓抓鼻翼，那裡有細小的汗珠點點滲出，奶奶抓出了一條汗痕，兩隻小小的飛蟲在奶奶額上追逐。

嬸嬸從口袋掏出面紙，爲奶奶清理眼屎。

「新娘子呢？」奶奶問。

「不是跟妳說了嗎？」嬸嬸說：「阿惠出去梳妝，等一下才回來。」

我看向屋外，一張桌子立起了，母親正爲早到的賓客分盛湯圓。「果然，」母親說：「事情就發生了，那個惠華一摸機器，就被電到，叫了一聲好大聲……。」

「妳爲什麼穿褲子？」大姊拍我的腿問。

「不行嗎？」我說。

「伊整條手臂都焦了，左手那個錶還整個蹦開，像吐火那樣放青光。」

「那是電在找出口，好在有那塊手錶，若無，電流到心臟，那個惠華就差不多了。」叔叔說。

總鋪師父一腳跨進門檻，抬眼看見滿牆貼著的人影，突然止住了步伐，他說：「歹謝，借一個電話。」

「請用，請用。」誰都以爲自己有義務回答，同時縮了縮腳，能站起的就冒然站了起來。

「阿秀，」阿婆問：「等一下要不要去叫伊大伯？」

「當然要。誰要吃湯圓的？」母親回答

「誰要去叫？」

「先到伊房間的窗戶外面聽聽看裡面再叫。」

「唉，看看那女人有沒有在樹下就知道了嘛。」

「歹謝。打不通。」

「不會那麼久。到時吃飯，伊就自己來了。」

「妳怎麼知道？」一屋子的笑聲。

「啊，新娘子回來了。」阿婆說。

外公約莫在總鋪師父把棚架底下的九張桌子都立起，正鋪上塑膠紙時抵達，他的機車發出刺耳的聲響，我和大姊相視而笑。

外公走進屋內，問：「妳媽媽呢？」

「在房間。」大姊說：「看阿惠。」

「阿敏，讓妳妹妹搶先了。」外公笑著說：「什麼時候輪到妳？」

「我……？」大姊說：「要等阿公介紹啊。」

「阿公，要不要照相？」我拿了照相機，把外公拉到屋外。從棚架外的這一角，透過樹蔭，能看見梯田逐次下沉，一條小路蜿蜒上來，遠方最低的地方，工廠白色的廠房矗立在田畝中央。更遠方，山脊線被刨開一片。

「舊年我去澳洲也照了很多相。」外公問：「妳們有沒有看過？」

「有啊。」我們說。

大約也是三年前，外公的家裡遭小偷，小偷偷走了外公存起來預備買機車的四萬多元，外公自礦區退休後，在墓園擔任看守的工作。外婆也葬在那裡。

錢被偷了後，外公很快地以分期付款的方式，買了現在這輛機車，並開始參加老人會所辦的團體旅遊，前年去了大陸，去年則去了澳洲。

外公照回了很多照片，這些照片自沖洗店領回後，就直接放在沖洗店所送的相本裡，連同一本舊日曆，小舅的後備軍人召集令，和幾封村民集會的通知信，一起被放在電視機上。

有一張，外公與另一名老人會的朋友，穿著一樣的薄夾克，表情嚴肅地站在也許是雪梨的一家大購物中心前面，十月的南半球夜空下，巨大的霓虹燈管在他們背後連起一片泛光，本地人已穿起短衣短袖。談論時，外公把那裡記成了廣州。

「啊，新郎倌來了。」小路上走上來了一群人，外公說：「有準備鞭炮吧？」

訂婚儀式由外公主持，大家都擠在門口觀看，在外公點燃祭祖的香時，我從後門走到浴室，發現狗瑟縮著身體躲在裡面，我把牠抱出來。

抱著狗回到大門口時，大家還擠在那裡，一個小女孩走來，問我狗怎麼了

「牠很膽小。」我說。

女孩穿著小巧的洋裝，繞著棚子的支架轉圈，不時沒入刺眼的陽光裡。

「妳不要搖那個柱子。」我說。

「爲什麼？」小女孩問。

我指著棚架說：「它可能會倒下來。」

「才不會。」小女孩說。

鼓掌聲響起，眾人慢慢退出門口，幾個人合力把客廳的桌椅搬出，客廳要擺設第十張桌子，宴席就要開始了。我剛入席，二妗看著我頭上的方向說：「妳小舅來了。」

「每次都遲到。」表哥說。

「眞的全家都來了。等一下我們大家都不要起來，看看他要坐哪裡？」二妗笑著說。

大姊走來，拍拍我的肩膀，要我出去幫忙，我起身離開棚架，看見小舅、小妗與兩個表弟正走來。

「明塗仔，來這邊坐。」外公在我身後喊。

大姊帶我到儲放喜餅的房間，要我幫忙把喜餅一盒一盒先裝進提袋裡。

「我怕等一下會來不及。」大姊說

「妳不餓嗎？」我問大姊。大姊瞪了我一眼，沒說什麼。

喜餅一紙箱共有八盒，紙箱幾乎堆到房間的天花板，昨天運喜餅的貨車來時，母親怕他們找不到路，特地到外面的大馬路去等。晚飯後，我們把喜餅一箱一箱從客廳搬進這個房間，也就是在這時，母親想起什麼似的，對我們說起工廠的意外。

搬喜餅時，我又抱怨一次：「這個房間又沒有人睡，爲什麼要擺一張這麼大的床占地方？」

「有房間的地方就要有床位。」母親只簡短地回答。

找不到小刀，我從書桌抓起一串鑰匙，用鑰匙割開箱子上的膠帶。

裝完喜餅，滿頭大汗地走出房間，客廳裡卻不見母親的蹤影。二姊坐在桌前對我微笑。

我有一種不好的預感，於是盡量壓抑自己煩躁的心情，慢慢靠近那個有著通鋪的房間，我可以聽見宴席上的人聲，在目光的極限，聲音都平息在那裡。

門虛掩著，我推門進去，母親果然在房間裡，坐在通鋪上，翻弄著首飾盒。

「妳在這裡做什麼？」我聽出自己聲音裡的緊張。

母親沒有抬頭看我，她說：「跟阿惠借一條項鍊來戴，這套衣服還是太素了。這條好不好？」

我湊近去看，母親的臉泛著潮紅，隱隱有些酒味。

首飾盒裝的是親朋送給二姊訂婚的賀禮，全是金飾，項鍊或者戒指，一個個分別裝在銀樓的紅緞面小盒子裡，裡面附著一張紙說明它的分量。仔細一看，幾乎全部出自同一家銀樓，在小鎮街上，離服裝店不遠。

母親選了一條霧面的項鍊，墜子是三片葉子的形狀，上面綴著三顆寶石。

「妳現在突然戴這條出去，大家會覺得很奇怪。」

「沒關係。」母親戴上項鍊說：「不打扮精神一點會失禮的。」

母親調整墜子的位置，順手又按按衣服的褶痕，突然抬頭問我：「妳覺得阿惠嫁那個人好嗎？」

「拜託。」我沒好氣地說：「現在還在想這個。」

「那個人也賺無多少錢，不會開車，也沒有房子，這樣阿惠會很辛苦。」

「人伊自己喜歡就好了。阿惠又不是不會賺錢。」

「話也不是這樣講。」母親說：「我是想說……」

母親低頭摸著項鍊，陷入了良久的沉默。

母親輕輕地說：「我是想說，這樣對阿惠太委屈了，本來是說要翻厝，或是加蓋二樓也可以，我們的房子也實在太窄了，這樣實在眞失禮……」

「不要這樣說。」我打斷母親，一面努力抑制從肺底不斷湧出，像要腐蝕胸腔的酸覺，一團氣體在那裡騰漲，我嘗試把目光放向別的地方，發現這個房間還是被刻意保留的空間給充塡得毫無縫隙。

沒有出口。我發現自己沒有辦法離開，不只是因爲對這個房間的依賴感，母親，這個通鋪與這間房間，組成了一股熟悉的沉默，牢牢地拖曳著我。

有時沉默是清晰而有邊界的，使人能在日後，巧妙地以言語在它外面築起城牆，於是回想起往事，任誰都聒噪起來。

母親會說，從前三妹像長不大一樣，已上了小學，每天早上都還要躺著喝完一瓶牛奶，從前二妹不喜歡洗澡，到了傍晚就爬到樹上躲起來，從前大姊最愛漂亮，長輩們都誇讚，沒見過鄉下小孩這麼秀氣的。

所有的往事都詭計般地只落在一個特定的人身上，彼此不互相妨礙與它同時並行的各種事物。只是，那些城牆內的事物，我們可以不要去提它。

但有時沉默就像是一個房間裡的空氣，沒有辦法去探摸，一關上房門，它就好像從門縫底偷偷流出。

父親過世時，母親究竟從何時開始沉默？沉默了多久？這件事變成了我童年記憶裡的空缺，似乎沒有任何人，能幫助我重新拾回這段往事。母親與那段失憶般的沉默，一同被牢牢關在這個有著通鋪的房間，那時候大姊在哪裡？二姊在哪裡？還有宴席上的這些人在哪裡？

所有人一定繼續著他們手中的事，這應該是最簡單的推理。學校開學了，姊姊們要回到學校裡去，書包裡裝滿新發的課本，有些摺頁得自己用小刀裁開。

那時，母親盤腿一動也不動地坐在通鋪上，背靠著牆，整間房間被空出來。

我吃力地端了一盆水，爬上通鋪去，絞了毛巾，想爲母親擦汗。起初只是沿著母親的額頭與兩鬢輕抹，突然之間我察覺，母親的眉毛稀了，眼睛閉了，嘴唇抿了，頭髮輕輕一拉就脫落一綹，整個人彷彿模糊起來。

我感到惶恐，把毛巾捏了一個角，沾水，爲母親描起臉。眉毛，眼皮，鼻翼，嘴唇，耳廓，但它們都歪斜了，彷彿正一分一分不斷脫落，我害怕極了，以毛巾拍打母親的臉，想要叫醒她。

「媽媽妳看妳的鼻子好像快要掉了。」我童稚的話語也被掩在房門後面。那裡，水從母親的脖子向下流，流過母親的身軀，在通鋪重新顯現時，彷彿有了顏色。

大姊說，小妹妳要注意，不要再讓媽媽拿到這種小刀了。

大姊這樣說過嗎？

我想去拉母親的手，阿婆閃了進來，她說：「阿秀，上全雞了，新郎那邊差不多該走」

「我去放鞭炮。」我說。

「阿秀。」阿婆說：「等一下送菜尾，老姑那邊要多分一點，伊無來坐桌。」阿婆掩低了聲音：「伊講伊連妳的湯圓也未吃半粒。」

我走到客廳，新郎已經起身，按禮俗，男方必須在宴席結束前悄悄離開。我走出棚架，聽見小妗大叫：「郭明塗，管好你兒子好不好。」

我走到榕樹旁的竹叢，將一串連珠炮掛在竹枝上，引線在半空中搖曳，我握著打火機的手也跟著顫抖起來，男方的親友們已經走出道路轉角。

樹蔭底下忽然竄出一個人，激得枯葉簌簌直響，是那個女人，雙手掩耳跑開幾步，站定後回身，女人對著我笑。

我看向棚架底未散去的人群，之中有我的外公，我的奶奶，嬸嬸，叔叔，舅舅，阿妗，伯父，我的大姊……，他們全都掩耳看向這裡，想要搶奶奶拐杖的兩位表弟，也停止了動作。

他們全都在等待。

我的家，我想，我眞是什麼都記不清了，父親在意外中喪生後，我對他僅存的印象，只剩下童年時每天早上，我躺在通鋪時所聽到，機車發動的聲音。

有些早晨寒冷，有些早晨悶熱，記得的一切黏附在這個四方豆腐一樣的水泥房子，房子與工廠共同怪異地立在田地上，像是一個要過渡到哪裡去的遺跡，只是暫時被保留下來。

我們生活在這裡，光是要維持它現在的樣子，就已經筋疲力竭。

鞭炮還不停地晃動，我仰頭望向枝椏，陽光很快照花我的眼，我低頭時，有一片血紅的色澤從我的視線剝落，那姿態如此自然，不過就像是一片花瓣，離了枝頭、

驩虞

他想告訴她，小心了，咱們得小心留意任何瑣碎的痛苦與歡樂．是的

因為咱們既不會長生不死，也不能就在今天死去

像望見從遠方洋面駛近的船，首先露出船桅一樣，遠遠地，他先看見那娘媽用黑緞縛著的一束髮，從地平線上冒了出來，接著，是她木然的一張臉，接著，是她吊著流蘇的披肩，接著，是她深藍色的短裙圍，接著，兩條厚黑的長褲筒，最後，一雙白布鞋踩了上來——他想著，地球是圓的。——他看見娘媽走進空地裡，將手提的一口鐵箱子沉沉擲在地上，娘媽掀開鐵箱蓋，抽出四根鐵柱，一大匹布，又快手快腳拆了箱，組了柱，掛上布，片刻，一座等人高的樓亭原地長了出來，立在空地上，他的眼前。在他老爹出殯前一夜，許多素未謀面的陌生人，與他共聚一堂。

天很快就暗了，他的視線平平望去，望見四面透風的樓亭裡，一根白蠟燭燒著，帝鐘、奉旨、龍角、烏鑼、木魚等五樣法器，圈著火光，不知給照得更清晰，還是顯得更森沉。他沿著樓亭繞了一圈，指認樓亭方四面匾——接引西方，陰陽相會，迎歸樂國，孝思堂。他轉過身去，背後一個人也沒有。

一位紅巾法師走近燭光，探出手，取了龍角，對口吹響，一位白衣小旦抄起木魚，篤篤敲擊，一位樂師調著三絃，應起和起，他搬了一張椅子，坐在樂師身邊看著。

在他老爹出殯前一夜，他給了他老爹一場好戲，這場戲裡，他老爹是主角，雖然，在場的人，沒有人看得見他老爹。他冷笑著，看著一位青衣尪姨低伏身子，倒退著，接續燒著買路錢，這逆著轉著的姿態，讓鬼門開啓，娘媽帶出了他老爹，他想像他老爹皺著眉，飄飄蕩蕩，不明白自己何以身處在這陣仗中。

沒有人瞭解他老爹，就連他也不理解。不知道爲什麼，他在這時想起了一件瑣事，他回憶起許久以前，他還是個小孩，他蹲在小路中途，看著小路兩旁，夜市攤販搭起各自的棚子，聚集成陣，包圍了他。那賣小動物的老頭兒，一張白樺樹皮似的臉，微微透著點粉粉紅紅，小孩發現，老頭兒老坐在同一張小板凳上，讀同一本破書，幾架鐵籠子呈凹字型將他嵌在中央，鐵籠裡，永遠關著小倉鼠、小天竺鼠、小黃金鼠、小鴨囝仔和小雞囝仔，鐵籠外擺著一個大鋁盆，裡面永遠游著小烏龜。小孩蹲在大鋁盆前老半天，看著小烏龜若有所思，一伸一縮慢慢游著。他總不見有人來買，就問老頭兒，賣不掉，這些小動物都跟您回家嗎？——他想知道的是，如果這些小動物們都長大了，老頭兒會怎麼做？——老頭兒依舊看著書，對小孩說，是啊，咱家裡還有一頭東北虎，這頭虎被條西林巨蟒吞在腹內，這條蟒又被尾南海大鱷咬在肚裡，這三隻動物不出家門，是鎭家之寶，非賣品。

小孩不聽那粉白老頭兒胡謅，他一心只是想買隻小烏龜，他轉過身去拉他老爹衣角，央求他老爹。

那時的他老爹，半身探進昏黃的光圈裡，看了看大鋁盆，皺了皺眉，說，那是活物啊，怎能買來給你當玩具耍？小孩說，咱要那小烏龜不是要當玩具耍，咱要養大牠，照應牠，讓牠長成大龜公。老爹當頭敲了小孩一手刀，說，你就這麼不長進，你要養，也好養雞仔鴨仔，養隻烏龜幹什麼？小孩問，養雞仔鴨仔做什麼？老爹說，養大了，好賣錢，或逢年過節可自己殺來吃啊。小孩發愣了，生氣了，他指著老爹喊，老爹您，您，您，您表裡不一口是心非虛詐不實，您說活物不能當玩具耍，怎麼卻要把牠殺來吃？老爹性子烈，他不愛求人，更不歡喜人求他，他愛教訓小孩，但可不容小孩回嘴，他立地打了套伏魔拳，拳拳招呼在小孩身上，小孩負嵎頑抗，整夜市的人都聚過來圍成圈圈了，小孩想，萬不能當眾討饒認輸，他瞎嚷亂叫，他罵他老爹，僞君子，眞小人，大壞蛋，曹阿瞞，您您您，無緣無故您還謀殺了一條蛇。

老爹打完一套拳，收了勢，皺眉問小孩，老子什麼時候謀殺了一條蛇？

哼哼，小孩也是倔驢一頭，鼻子噴了幾口氣，偏不說，扭頭就走。

小孩回憶起來了，就上次酬神做大戲那天，他老爹帶他來這廟口看戲，到了七點十五分，該上戲時，廟祝跑出來，說，戲團消失了，沒了，請不到了，本日改放電影。白幕就從戲台上降下來了，光就從後面打上去了，電影片名叫新十二生肖，小孩這是生平第一次看電影，自然沒看過從前那舊十二生肖，可他覺得，這新十二生肖，新得眞難看，光影平平閃閃，一點也不熱鬧，他不想看了，就扯扯他老爹的衣角，可他發現他老爹居然看得目瞪口呆，下巴都垂下來了。他忍耐了老半天，不小心睡著了，待他醒過來，他發現他伏在他老爹的背上，老爹正背著他走回家。他知道，他老爹是不會把熟睡中的他吵醒，讓他自個兒下地走路的，老爹總怕他有些小魂小魄還睡著，沒跟上，日後會變得更癡愚。他知道，所以他繼續裝睡，他樂意讓他老爹背著。

晚上的空氣沒有涼風吹送，但無處不涼，他偏著頭，覷眼看星星，他覺得星光很奇妙，天那樣高那樣遠，但只要他打開一條眼縫，星光就那麼輕輕巧巧透了進來，在他老爹的背上，他呆想著，那些爹娘俱在的人，肯定比自己幸福兩倍，他正這麼呆想著，他們就遇到了那條蛇。

那是條大錦蟒，牠蜷著身子，大模大樣盤在山路上，幾乎占住了整條路。老爹停下腳步，掂量著，似乎想從旁邊側身溜過，但他很快放棄了這個打算，他一弓身，悄悄把小孩往脖子上掛穩了，順手從路邊草叢裡，抽了截斷竹竿，走近那錦蟒，不斷撩撥牠，令牠把頭從盤曲的身子圈裡露出來，待那蛇發火了，向他直直咬來，老爹這才側身一讓，誘敵深入，卸敵之勢，跟著，老爹打個旋，那截竹竿飛手而出，一下就把那蛇頭釘爛在泥土地裡，蛇頭死了，可蛇身還活靈活現，順著竹竿倒盤，一圈一圈緊紮而上，老爹不等牠纏老，舉起竹竿，用力一甩，那頭蛇騰空飛出，摔進了山溝裡。

老爹一語不發，遠遠望著，半晌，他把那截斷竹竿隨手扔了，回頭探看，小孩趕緊閉上眼睛。老爹見他未醒，背著他，繼續上路了。

小孩聞到了，他聞到那斷竹竿把蛇頭搗爛時，空氣中所爆出的腥羶味道，那是在山林野莽間攀爬經年的活物，才能釋放出來的強烈氣味。他當時眞爲他老爹擔心，既擔心，他又著實有點害怕他老爹，因爲他看見他老爹就這麼一語不發，立時取了條性命。

負著氣，獨自走在回家的山路上，他又聞到了那味道，只是，他既不爲他老爹擔憂，也不害怕他了。他一心一意埋怨起他老爹，他想，老爹您好樣的，您這麼好本事，給咱弄隻小烏龜您都不肯，您這麼好本事，也不在人前顯露顯露，讓咱威風威風，您要教訓咱，也不換套新步數，次次就是那套虛虛的伏魔拳，咱人還沒長大，已經招架得差不多了，您說活物不能當玩具耍，您自己怎麼就這麼漂亮地幹掉一條大蛇？您這麼側身一讓，您不想，您背上背著咱啊，那蛇要是俐落一點，回身反撲，咬了咱，怎麼辦？他看見他老爹在後面，遠遠跟著他，但他決心不理他，他決心要好好折磨他老爹，他想，好好好，長大以後咱就學那粉白老頭兒，在家裡辦成動物園，把您也給關進籠，籠外就插面鐵牌，寫——園主人之老爹。

星光再也不奇妙了，它們彷彿遠遠張著眼，見證了一切，卻冷冷地不發半點聲息，他想找一些字眼來形容自己的感受，片刻，他找到了目前惟一能找到的字，他想，他恨他老爹。

——他恨他老爹。——在他老爹出殯前一夜，他想著，爲什麼？

他老爹，是惟一長久在他身旁的活物，他看著他本事偌大地幹遍各種職業——廚子．

武師，道士，泥水匠，算命仙，教戲先生……也看著他脾氣更大地辭遍各行各業。他長大了，他確定，他老爹一面看顧他，一面卻也偷偷防衛著他，平時，除了教訓他所打的那一百零一套無用的伏魔拳外，他老爹只讓他讀書，學寫字，其餘的本事一點也不教給他，總怕不小心露了點什麼，讓他偷學了去。

他不明白他老爹在怕什麼？往往，他與他老爹會置身在一個完全陌生的地方，許是爲了找工作，許是爲了找個去處躲避什麼，他老爹總不肯向人問路，最後，他們總是迷路，肚子餓得受不了時，他老爹就帶著他，往最近的麵攤上一坐，各吃各的麵。從前，他想，迷路了又怎樣，只要他老爹在身旁，世界依舊自轉著，他就感覺一切都很好，後來，他抬頭，有能力看得更遠了，穿過麵攤上氤氳的蒸氣，他看出問題了，問題就在，他們早已經弄失了目的地，而世界依舊自轉個不停。

直到有一天，他老爹喚他過去，對他說，爹不行了，有句遺言要交代，你老爹荒窮一生，只悟出一個眞理，你記下，這眞理就是，一個人……他就是個……一個人……他就是個……一個人……他就是個……

他老爹盡力了，只是他荒窮一生，什麼也沒做完，連一句最後的遺言也說不完。

他冷笑著，想像他老爹站在娘媽身後，由她引著走出，死去活來，一臉茫然。

四周突然聒噪了起來，紅巾法師大聲喝開大關小關，過草埔路，過赤土路，過黑土路……過揚州江，過花柳池，過龍環井……在六角亭稍停歇時，他著意說全了五代英雄的事蹟，說六年修行苦苓林的佛祖，說百子千孫得天下的文王，說八百二十在人間的彭祖，說過了五關斬六將的關公，說黃金圍牆玉造門的石崇，他記得自己一個字也沒說錯，但那惟一的觀眾聽了之後，居然縮在椅子上，幾乎憋不住笑了。紅巾法師開始覺得，自己正從事一門人間最艱難的職業，因爲法事啓動了，看不見的主角引出了，無論他自己覺得如何不舒服，他也不敢就此停下，放棄了。

時間錯亂了，或者，錯亂的不是時間，當他縮在椅子上，聽到石崇，關公，彭祖，文王與佛祖等人，一視同仁被並列在一起時，他彷彿聽到有生以來最好笑的事——他想問他老爹，老爹，好不好笑？——他想，老爹，您只讓咱讀書，莫不是想讓咱察覺這許多可笑的事？他覺得慘然，透過四面透風的樓亭，看向看不見的遠方，那裡藏著一個習慣用文字裝飾門面的世界，這個世界裡有太多的死亡與挫敗，於是，發達了，倒錯了，喪葬成了一門熱鬧的娛樂，活人在裡面回憶各種人的片段作爲，說全了，也說不全。

逆著轉著，逆著轉著，逆著轉著，回憶倒著啓動了，他看見空地上，一座樓亭長了出來，他老爹頹然走進屋子裡，他老爹呑著一碗麵，他老爹教戲，他老爹算命，他老爹誦經，他老爹在山路上殺了一頭蛇，他老爹的下巴垂下來了，白幕也從戲台上降下來了，人說，戲沒了，整夜市的人都聚過來觀賞了，他老爹虛虛的伏魔拳拳拳招呼在他身上，以及，最初的時候，他在想，他一直想知道的是——如果小動物們都長大了，老頭兒會怎麼做？莫不是丟了牠們，殺了牠們吧？

他感到驚訝，時間過得眞快，彼時單純的疑問沒有得到答案，而他已經長大了，不會再問自己這種問題。當時，他一心想要救起一隻小烏龜，帶回家，看顧牠，卻無法向他老爹好好說明。現在，他老爹死了，遺體躺在棺材裡，棺材停在屋子裡，老爹的瞳孔放大了，人中收縮了，血水開始滲出，在棺材外，廳堂外，他布置了一場熱鬧的好戲給他老爹。他感覺，有一個人繞過時空，發著愣，看著他，他看見，他老爹被引到六角亭，法事正進行到中場，他看見，一個小孩，蹲在小路中途，看著他，他臉上的冷笑啓動了，停不下來，視線朦朧了，一視同仁，最簡單的事忘得最快，他知道得愈多，他感覺自己愈是什麼都不明白。

當地球以逆時鐘方向不斷轉著，時間也在鐘面上以順時鐘方向不斷過去了，沒有什麼和什麼彼此交錯而過，只知道，各種聲音恆常爆著，響著，牴觸著——遠方，一位德國哲學家喊道，一個人吃什麼食物，他就是個什麼人，他的世仇，一位法國文學家立即回應，一個人吐什麼胃酸，他才是個什麼人。至於人是否就像容器一樣？漸漸地，成了一個不值得討論的問題。

逆著轉著，逆著轉著，逆著轉著，人總是熱鬧地尋找著娛樂，人說，因爲這個世界嘛，花少並蒂雙開，人罕福壽齊來，一天生不下兩神仙，神仙要降世，都得一位一位錯開日子，免得下來時，不小心跺了誰的頭。從前從前，小路起頭的這座大廟，奉祀的神靈多，好日子也就多——農曆正月十五天官堯帝仁誕，二月十五開方聖王聖誕，二月二十九觀音菩薩慈誕，四月初五媽祖娘娘明誕，四月初八釋迦佛祖聞誕，四月十四呂府先師仙誕，六月二十四關聖帝君美誕，六月二十八重威王爺威誕，七月十五地官舜帝孝誕，九月初九哪吒太子蓮誕，九月二十八五顯大帝顯誕，十月十五水官禹帝洪誕……逢好日子，或者迎神，或者做戲，或者請陣頭，總得熱鬧熱鬧，不好裝作當天神靈沒出娘胎過，如此一來，大廟前庭就一年到頭鬧個沒完了。

沒完是沒完，但是還不夠，凡人事瑣健忘，心神易散，怕當時熱得不投入，鬧得有遺漏，冒犯了眾神靈，因此，每十二年的三月二十三到四月初九，還要統一做一次大醮，遍請朝野上下，名錄內外的諸神靈，同享祭祀，懇請祂們，多所海涵，著毋庸怪。

沒有什麼錯亂，時間也一點沒錯，十二年一度的大醮準時來到。早幾日，便有幾十名老漢，頭披蓋了廟印的黃巾，出了大廟口，挨家挨戶走，領頭的一人，張轉花大傘，殿後的兩人，敲開手鑼與腰鼓，老漢們菸也不抽了，牙也不磕了，棋，當然也不下了，只交相傳遞一柄大銅壺，接過銅壺的人，脖子向後一仰，咕嚕咕嚕灌進一大口冷茶水，嚼嚼碎茶葉，順帶用衣袖抹把汗，其餘眾老漢，喝開粗啞的嗓門大聲喊——做大醮啊，做大醮啊，鄉親捐獻做大醮啊。

人來應了門，自報家有幾丁幾口，交錢交銀若干，眾老漢唱禱不迭，齊聲道謝，人們就開始期待了，不知本輪做大醮，有什麼好戲瞧？年輕的想，是不是，還有那美女耳垂璫，俊男粉面白，台上攜手訴衷懷，長繩難繫日，單繫一竹籃，您在籃裡放什麼，他倆就即席賦什麼，比什麼，興什麼，數落得那什麼好臊人？老婆子問，會不會，那麗興班的勝珈陵還會班師再來？十二年前，她唱一句——無事令你退兩邊——拇指食指就這麼順勢一勾，向台下駛個目箭，咱那大姨媽當場定在地上，厥了過去。不好不好，老頭兒喊，要咱說，扮戲就數蕭空仔那團扮得最好，生邁七星步，旦踏月眉彎，丑兒喊聲——拜請神明——一跤打滑就地凌空翻出觔斗七八個不只，那才是行當本色眞功夫。

想著問著喊著，眾老漢早已張著大傘，敲鑼打鼓走遠了。兀那大漢，新近搬來，單丁無口，頭角愣愣，剛剛心不甘情不願繳了幾個錢，頗疑心自己被搶了，聽得隔壁老婆子老頭兒議論，鬱鬱踱了過來，悶悶地問，做什麼大醮？誰沒瞧過戲？

老頭兒肅然，打量問話的這大漢，深覺這大漢器小易盈沒見識。他說，同您，咱不說那戲，咱就光說那戲台，咱眞想把咱的頭和肩膀比作大廟，兩手這麼比畫給您看，您看不，這兒，正當著大廟門口，搭起一座大戲台，戲台上方一溜斜簷，簷下掛日頭似的掛著一排紅宮燈，舞台後連著牌樓，高出斜簷足有三層樓，這三層樓塔，一層峻過一層，綠瓦鑲黃邊的梯形屋頂，整整緻緻鎮在白牆紅柱上，第一層樓開三門兩八角窗，第二層樓一門兩八角窗，第三層樓無門無窗——那是仙府玉洞，眾神靈颺簾飛出——每層樓屋頂插三角旗，居頂中的紅旗鑲白邊，揮頂尾的黃旗鑲綠邊。

空地上，串串紅燈籠由左至右，高高牽過，恍如星河在望，空地兩側，接龍似的各排三排長桌，從舞台前接到了大廟口，每張桌子都蓋著紅綢布，紅綢桌面上鋪天蓋地數千大海碗，九牲祭禮韓信點兵，大碗肉，大碗菜，大碗酒。您若要看地支一輪下來誰富了，您就要到那十二年一度的大醮上張望，您若要看地支一輪窮了誰，您更要往大醮上比一比，輕暖裘，百結衣，天公養人際遇殊，倘若有個乞丐死纏著您，指著人叢簇擁的那大財主，叨叨對您抱怨說，十二年前，就這地頭，咱借過他幾元幾錢，如今他竟裝作沒這回事，遠遠地不敢瞧咱。您別笑，他說的是實話，人窮了，記憶力就發達了嘛。

大漢於是到了那大醮上張望，想方設法才擺脫了那乞丐，他走到舞台邊。轉個小半圈，繞過一座三尖香爐牌，發現自己立時到了那三層樓高的牌樓後面，他定定神，仔細一瞧，他看見，什麼斜簷飛日，什麼仙府玉洞，什麼星河在望，什麼酒肉紅綢，什麼紅的男，什麼綠的女，什麼富的是你，什麼貧的是他，這會兒全瞧不見了。他就瞧見，幾片粗粗厚厚的大木板，釘成一面三層樓高的大木牆，牆上那錨釘，就這麼一根一根鏽鏽生生冒出半個頭，撐住那大木牆的鐵條，有的橫，有的直，有的斜，支支條條深深淺淺全插進地皮裡了。

他還看見，一片片大木板上，都用白漆註著號碼，這是每片大木板，在這面大木牆上的座標碼，他知道了，他這是在一座三層樓高，即拆即裝的牌樓背面。是啊，他剛剛一岔神，看牌樓背面不是牌樓背面，現在他回過神，看牌樓背面又是牌樓背面了，他想，什麼東西都得有個背面，背面就難免這麼一個淒淒楚楚的德性。

見鬼了眞是，大漢想，他被搶了錢，什麼熱鬧的好戲也沒瞧見，倒先看到了這麼個淒淒楚楚的背面，他鬱鬱走遠，悶悶想著，搬家吧，再搬家吧，這地方神靈鬼怪太多，住不了人。

那大漢是早到了，此時離戌時一刻開演時間尙早，舞台空曠，熱鬧的是戲後台。一個人，走到舞台邊，轉個小半圈，繞過一座三尖香爐牌，踱過那三層樓高的牌樓後面，再轉個小半圈，從那小後門，進了戲後台張望，他看見戲後台一面牆上，從頂到底貼了老大一張黃表，那是各團的登場次序表，每十二年一度的大醮，從三月二十三到四月初九，除了最末一天，四月初九，得肅敬齋戒請諸王，禁演戲外，其他幾天，各團要上台比技藝，占場面，都得看這張黃表，這表，可是大家擲筊商量出來的。看完這表，他再看看表下這世面，他看，可不是，預備要登台的，港南的繡琴聲，山後的錦中花，打虎的紫雲雀，抓豹的劍鳴承光……陸陸續續聚齊了，南聲北調，腔口各異，師承不一，有時要深聊幾句都很難，但是他聽，偌大的戲後台，人聚了一叢一叢，有的就地蹲著，有的併桌圍著，吵吵嚷嚷，像是在開會。

他犯疑了，他挨近點，看看這是在幹嘛，原來，這是在聚賭了。可不是，平常日子尙且不無小賭一番，遇到這種大節慶，五湖四海三江會，怎麼忍得住手癢心更癢？所謂賭徒無國界，賭場是故鄉，就是這個意思。他且看看蹲在他跟前的這位仁兄，斜披著件綠袍，塗抹著半張紅臉，這不正是關老爺嗎？他想，這位仁兄是心存敬畏的，闖江湖嘛，本事即性命，如果全副行頭穿上身，定好裝，他就不敢這麼蹲著丟骰子了，所以，他的綠袍只披右肩，紅臉只塗右半張，望關老爺他老人家勿怪，並且助他一臂神力，一臂就好。

他想，其實，關老爺他本尊老人家生前，未必就不曾這樣蹲著，和眾將士們嚷著賭著，只是，沒人這樣記載過。他讀過羅貫中先生的《三國演義》，有時不免覺得納悶，根據《三國演義》，關老爺他本尊老人家，一生中最威風的陣仗，就是千里走單騎，爲大哥救出大小兩奶奶，其餘的，在千軍萬馬中，他就看他老人家，像顆棋子一樣被孔明先生駛來弄去，難得看他自個兒打個漂亮的勝仗。他想，關老爺他本尊老人家的故事，就是在教訓咱們，輸贏不是咱們活著的重點——可是他跟前這位半關老爺仁兄，看他擲骰子那力道，那可眞是狠啊，他再看看他四周，都是誰在賭，那位，不是呂蒙正嗎？他也不打七響和暢樂姊相褒了，他就抓著看羊金姑的手，聚精會神地看著大碗公裡轉個不停的骰子，那位乾隆皇，看樣子不遊山東了，那位詹典嫂見了他，也不告御狀了，那位山伯，那位織女，那位英台，那位牛郎，各自遙遙相隔，目不對望眉無情。

滿棚子的人，滿棚子歡樂的笑聲。

他從原來那小後門走出戲後台，自顧自向前走。良久，發覺自己置身在一片空曠的草地上，草地上夜露凝重，有些地方早結了水窪子，他偶一抬頭，看見滿天亮晶晶的星星、月明，星就稀，月色昏蝕了，星星就大亮了。這景象原沒什麼了不起，他搖搖頭，只想著，可惜了，這十二年一度的大醮期間，夜晚，總也見不到月兒圓。

他也走遠了。

空曠的草地上，還有一個人獨自坐在大石頭上，張望著滿天星星，心中恐慌得不得了。不久之前，有位朋友曾經這麼跟他說，朋友說，你啊，你啊，你別看那滿天星星亮晶晶，看上去美極了，你就坐在這大石頭上，抬起你那顆蠢頭好好打量清楚，要知道，這滿天星星，它們有的，在千百年前就已經死了，爆炸了，熄掉了，完了，你現在看到的，是還在蒼茫的宇宙中繼續奔走出亡的餘光，只因爲那光和你相距太遠，只因爲你能觀看的時間太短，所以你那顆蠢頭看上去，死去的和活下的對你都一樣，看來只是森然不移。他說，你呀，你呀，你自大個什麼勁兒？在蒼茫的宇宙中，你就是條蜉蝣，莫說你是條蜉蝣，你彼時腳踏的這看不到邊的地面，在蒼茫的宇宙中，它就不過是粒塵埃。

他聽得朋友這樣說，就衝回家去，搬了幾部書出來，想與朋友討論。他搬的是《莊子》、《荀子》和《列子》，他說，他記得這三位子之中，不知哪位子，曾經提過形和影的道理，說形不存，存的是影，很可以為朋友所說的這星星和餘光的道理作些補充。誰知朋友聽了，竟撇撇嘴，蹭蹭鼻，他生氣了，他說，在三位子之前，你竟敢這樣撇嘴蹭鼻，快道歉。朋友哈哈大笑，說有一個道理，他知道，這三位子卻給蒙在鼓裡。他看看他朋友，說，怎麼可能？淨會說大話——他當時求道若渴，不惜賣了個激將法——果然，朋友橫眉一豎，就自動湊到他耳邊，告訴了他這個道理。

——什麼？——他眞是太驚訝了——世界快完了？

蠢頭，朋友告訴他，咱們這世界叫地球，地球是圓的，不，正確地說，是橢圓的，像只肥短的紡錘根，它自個兒歪歪打轉，也繞著太陽轉，照著太陽的那半面成了白天，白天的背面，就是晚上了，因為地球是橢圓的，轉著，這才有了時間，子丑寅卯辰巳午未申酉戌亥。朋友說，一天十二個時辰，那還是在人類出現很久以後才劃定的，從前的從前，就上次大覆滅之前，地球轉得較快，一天只能分十一個時辰，你要不信，就去找棵老古樹，剖開枝幹，看看那年輪，你看，這紡錘根轉呀轉的，累了，正漸漸慢下來，熄掉了，完了，說不定要爆炸了，這三位子跟你說過這件事沒有？

自從他知道這件事後，他就失去了觀賞星星的樂趣了，他在一片草地上晃蕩，隨地挑顆大石頭坐下，他一抬頭，看見滿天滴滴漏漏的光，他就覺得恐慌，他怕安靜，遠遠的地方，誰家荒雞在夜裡蹄了一聲，他想——會不會這雞早就死了而這蹄聲是奔走出亡了很久很遠以後通過許多幽冥的時空才在此時一刻輕輕震動了咱的耳膜呢？他回頭，聽那滿棚子餘響的笑聲，看那戲後台，那遮住三層樓的黑黑牌樓，那燈籠的火光綴著牌樓的黑暗，那火光後面森森的大廟殿堂，那森森的殿堂裡，慈眉大耳，或怒目凜視的諸神祇，以及那無所不在，活著生長著移動著的人群，他想，祂她他牠它們們們們，會不會只是什麼東西的留影留聲呢？

順著轉著，順著轉著，順著轉著，時間並不因爲人的惶惑而稍加停留，小路繼續奔走出亡，離了山村大廟，山河變動海退卻，岸頭向前延伸，海堤建成，浮出一道曲折的濱海公路。濱海公路繼續跑著，遇峽切谷，逢谷造峽，遇河搭橋，逢山鑽隧道，遇大廟生市集，逢沙灘成觀光樂園，綿延數百里，在一個飽和的假日，終於慢了下來，被人給追上了。

一個老頭兒的房子被徵收了，壓平了，遭公路輾過，他不時回到原地張望，他看見濱海公路左右各一線道，放假之初，車陣塞一邊，假期結束之前，車陣塞另一邊，好比感冒的人的鼻孔一樣，兩邊總不通成一氣。

彼時正逢收假之前，他看見一邊線道上，什麼車都有，全數排成一行，動彈不得，它非得等那排在最頭兒的那人，把車子開進城裡自家大樓地下停車場的車庫裡，那排第二的車，才能向前再移動一小格，這移動的一小格，在車陣中慢慢慢慢傳遞，總算大夥都動了一點點，那車陣末端空出的一小格，立即又給不知哪個樂園駛出的車給塞上了。老頭兒就坐在海邊，他看著一輛車，就停在他的左眼尖上，一兩個時辰過去了，它終於移到他的右眼尖上了，老頭兒真爲它高興，他想，文明人的娛樂活動果然也斯文嚴肅得多，放假時，他們就舉家搬戶，不辭勞苦地開著車，上咱這窮鄉僻壤來跳房子。

一位駕駛，換檔，鬆油門，緊剎車，一個踉蹌，他和他的車，又向前多占了一小格。

——你小心點行不行？害我們寶寶差點撞到。——那是坐在後座的他太太，正表達她的不滿，她說的寶寶，是頭馬爾濟斯犬。

——嗯哼。——那是他的回答。

——我覺得寶寶今天精神不太好，看到海也沒有很高興的樣子，不知道是不是生病了。

——嗯哼。

——今天的海怪怪的你有沒有覺得？不太藍，有點稀稀的，也不是稀稀的，應該說是有點……唉，我不會講。你覺得呢？

嗯哼、

他把涼鞋脫下了，海灘褲的褲管也捲高了，他想，他在那海邊的什麼樂園裡，可沒看到什麼海，他就看到到處浮浮沉沉的人頭，與他腳下露出的那片沙灘，一整天下來，他就盯著那撮海沙，而這撮海沙好像就跟著自己回家了。現在，他全身黏癢得難受，隨便一動，就有沙子從褲底掉出來，他感覺自己簡直像個沙漏——還有那大太陽——他想，八百年沒照到陽光了，就這麼出了城，跑到海邊，根本自己找死。還好，他轉念又想，因爲工作的緣故，他的假日比別人長了那麼一點，明天是星期一，別人明天一早都得上班了，但他可以一直窩到傍晚六點，太陽差不多下去了才上工，他想，明天太太出門以後，他可要好好睡上一大覺，養足精神，才好工作，這世界的市場，是不管你狀況好不好的，它可是全年無休地轉個不停，間不容疑的啊。

他是一位即期外匯交易員，從傍晚六點到隔天清晨三點，他在一家小銀行樓上一間大辦公室裡工作，在他眼前，一字排開，八面液晶螢幕同時放著光，他看得很清楚，他看見，近期歐元兌美元及歐元兌日圓同時揚升，行情走勢由直立的空心棒排成一道斜線，一路衝破藍、綠、紅、白、黃五條移動平均線，穩定站上，而ＲＳＩ指數規律上探，游移在破表邊緣，與大局不背不離。直覺告訴他，這波漲勢將猛烈而長久，雜誌上說歐元兌美元可望打破一比一的信心關卡，輾轉走高，那說法太保守。

在他眼前，最左邊的一面螢幕，繼續一行一行吐著文字—

14:14 RTRS——〔泰國股市〕早盤收低 受地區股市疲軟所打壓

14:15 RTRS——〔歐元債市〕政府公債期貨開盤走高 受美債漲勢和歐元走強提振

14:16 RTRS——〔台灣股市〕收低23.49點 台積電和聯電受美股下滑拖累走低 =2

14:18 CIF——《金融》美國企業財報的良窳將左右期貨走勢

……

符號混用，斷句闕如，便於看的人，用最快的速度，把字句的意思吸走。但經驗告訴他，最好別看那些文字，文字在這市場上，只會誤導你，讓你做出錯誤的判斷，因爲文字在這個市場裡，太強求穩健，太講道理。他知道，有些說法眞是一點用也沒有，這個世界，他看到摸到的，就是一個以美元爲中心的世界，美元是大經，美元是巨緯，一美元兌印度盧比，一美元兌南非幣，一美元兌瑞法郎，一美元兌盡天下無敵手，惟四的反例是，英鎊，歐元，澳幣與紐幣，可以反兌美元，惟一的例外是，歐元和日圓可以不通過美元，在市場上相互兌換。

要他說，這世界以美元爲中心，反例與例外都因她而成立，

美元重挫拖累　道瓊早盤大跌
──美股底部未到　將續探底
……

台北時間清晨四點整，紐約時間下午四點整，倫敦時間晚上九點整，法蘭克福時間晚上十點整及雪梨時間清晨六點整，他下班回到家，心中不無一點遺憾，他想著，人爲什麼需要休息，需要睡眠呢？他太太正等著他，太太說，不行了，還是要跟他離婚。他手提一隻剛脫掉的球鞋，抬起頭，看見狹窄的兩道牆之間，她據住沙發一角，在她面前，是一張玻璃面茶几，茶几前面，是幾具組合電視櫃，在她右邊，橫著一道及腰的長木桌與廚房的流理檯，廚房牆邊，一扇紗門通往後院，在她左邊，是他正坐著的矮鞋櫃，矮鞋櫃旁，一扇紗門通往前院，此棟大樓地下停車場的入口，像溫室一樣，在前院地面上突出矩形的橘光。從遠處河堤上吹來的風，前心透後背，總吹得這間還有二十餘年房貸待繳的新成屋裡，杯盤叮咚作響。

但當時沒有風，空氣中，沉著厚厚的水泥味。

他聽見她說的話了，但他沒有力氣回答，他想著，作手時間已經悄悄開始了，此時這刻，正逢紐約交易市場結束，雪梨交易市場開始之前的大空檔，世界各個角落的作手們，開始從隱形的陣地冒出頭，用隱形的金錢，操縱隱形的行情走勢，刮掠隱形的大陣仗後的餘利，但他無能爲力。等到他睡了一覺醒來，只能像看紀錄片一樣，把這場一日一度的嘉年華，細細研究清楚。

戰爭進行中，這場戰爭誰也看不見，但世界是圓的——正確地說，是橢圓的——只要天亮著的地方就有人在兌，只要錢兌得動世界就算活了，只要世界活了，他，就算知道自己在幹什麼了。要他說，就這麼簡單，坐在八面螢幕前，摸著四具形狀不一的電腦鍵盤，他也好像摸到了世界的脈搏，他一邊工作，一邊順便將自己的積蓄在電腦上兌來兌去，上星期，一連賠了新台幣三十萬，他的心跟著那脈搏跳了一下，這星期，一舉賺回五十萬，他的心，跟著那脈搏又抖了一下。

……

—德國馬克是歐元的主要組成貨幣

—〔德國俗諺〕 一個人要破產兩次 才會知道怎麼花錢

如今，所有和馬克思有關的，他只記得一件事——有一年聖誕節，馬克思太太出門借錢過節，就像安排好的玩笑似的，她在遭遇連串的船難與火車事故後，終於趕到她銀行家朋友的別墅，卻發現這朋友不巧在日前中風，正癱瘓在床，無法言語；她兩手空空回返，又碰上了巴士翻車與計程車追撞等意外，渾身狼狽進了家門，她的女僕不巧心臟病發，死在客廳地板上，此時的馬克思正因爲籌不出葬儀費，乾站一旁，束手無策。他記得，讀到這一段時，他笑得要死，也怕得要命。

他睡著了，醒來的時候發現自己還坐在入門的鞋櫃上，身上蓋了件薄被，鞋只脫了隻。天大亮了，太太也已經出門了，他想，她說不定眞生氣了，或者，她也不生氣了，她已經沒有任何情緒了，她就是給狗餵了飯，給他蓋了被，然後出門上班去了。

狗兒寶寶正趴在長木桌下睡覺，眼簾也不掀一下，他推開紗門，往前院去，伸伸僵硬的四肢，圍牆外一聲響，一個人突地站起，露出一顆頭，是那位歐巴桑，歐巴桑包著花頭巾，頭巾上還戴著斗笠，對他揮手打招呼，露出一邊花護袖。先生，歐巴桑問他，考慮好了沒？

還在想，他回答，還在想。聽得他如此回答，歐巴桑只微微一笑，又將頭縮回圍牆外了。歐巴桑是包承水電鐵窗頂樓加蓋等裝潢工事的，每天，有許多像歐巴桑一樣的掮客，沿著河堤，在此帶密密麻麻新長出來的公寓大樓間穿梭，招攬生意。但誰都比不上歐巴桑這麼有耐心，她幾乎是風雨無阻，日日戴著斗笠貼在圍牆外面，一聞聲息就冒出頭來，抓著他，跟他解釋何以他家裡需要大修特修一番。歐巴桑說，他家前院後院可以蓋上水泥，這樣既清爽又乾淨，圍牆打掉重做，加高加厚加窗口，成堵眞正的牆，接著，把看得到天空的地方都加蓋棚子，這樣一可以防小偷，二可以把他家客廳往外推，把廚房往外推，把什麼都往外推一推，如此，他家的坪數，就漲大了一倍有餘。

歐巴桑並且補充，他家前院後院的草皮，看起來綠油油，其實雨一下多了就會被泡爛，因爲院子地下是大樓車庫，植物的根無法垂直扎深，看上去像草皮，其實他們跟住在盆栽裡沒有兩樣。

看著歐巴桑像貓一樣，臉上掛著微笑消失在圍牆後方，他想，她是打算天荒地老，長期抗戰了，俗話說，跑得了和尚跑不了廟，她這是帶著她職業上的自信，從容等待他和他的家了。他抬起頭，看見頂上六樓，又有一戶新裝潢好了，誇張突出的整牆鐵柵欄，一個四五歲的小孩掛在上面，像隻小紅毛猩猩，小猩猩在張望什麼?從那個高度那個方向望出去，無非是馬路，一道高起的河堤步道，玲瓏般無路可解只能擺著車的大停車場，一條髒兮兮的河，帶狀公園，另一道高起的河堤，再過去，就是那座像裝在盆子裡一樣，大約無論是誰，都得跳進去浸一浸的大城市。

電鑽聲又隆隆響起了，那是更頂上的七樓八樓正在裝潢。他想，他與這些芳鄰，眞有點器械相聞，老死不相往來的味道，除非他的職業與那人有關，或者那人的職業與他有關，否則，除了他的家人外，他在這個世界上，可說是誰也不認識。

假日，他開著銀色轎車，載著太太和寶寶往海邊去。他跟賣樂園門票的人買了門票，跟租遮陽傘的人租了遮陽傘，跟賣餐點的人買了午餐，這些素未謀面的人，也是因爲職業需要的緣故，才在當天，和他對答幾句話。他受不了太陽，當那陌生人幫他把一柄大傘，在沙灘一個樁上杵好了以後，他就像種芋頭一樣，一動不動地把自己種在傘下了。他又睡著了，第一次醒來，他看見太太穿著短衣短褲，抱著紅白條紋的大海灘球，從左邊到右邊，追著寶寶跑過去；第二次醒來，他看見太太手裡拿著甜筒，從右邊到左邊，被寶寶追著跑過去；第三次醒來，他發現太太倚在他身邊睡著了，寶寶被繫在傘柄上，趴在沙地上，嗚嗚低鳴著。

太太從什麼時候開始就不再穿泳裝了？他想不起來了，太太自尊心極強，莫不是因爲他曾在言笑之間，拿她的身材開過玩笑吧？他也不確定，他想著，時間過得眞快，當他們都還在念大學的時候，有一天，太太終於答應與他約會了，他們連午飯也沒吃，就跑進電影院裡看了場電影。電影演什麼？他當時因爲太激動了，所以看不明白劇情，看完電影，他好想再請太太喝杯咖啡，但太太體貼地說，她下午還有課，得回去上課，他就送她回學校。他們慢慢走在校園馬路上，走到鐘塔旁時，上課鐘聲正好響了，他們轉頭一看，發現那鐘原來不是自動會響的，是有一位老頭兒，把手藏在鐘塔下的一個鐵盒子裡，手在裡面拉一下，頭上的鐘就響一下，拉一下，頭上的鐘又響一下，他們不知道爲什麼覺得那老頭兒眞好笑，兩人一起足足在馬路上笑了十分鐘。

直到送他太太進了教室，與她揮手告別，他還不可自抑地笑著。他太開心了，靜不下來，所以雖然口袋半塊錢也沒有了，他還是走回商街瞎逛，他在唱片行外，聽到一首曲子，他覺得這曲子寫得太好太美了，太鮮活太甜蜜太漂亮了，就像從天堂傳送下來的一樣，太能爲他說明他彼時的心情了，他跑進店裡，一手抓住店員的衣領，另一手指著上方，問店員，誰這麼厲害？寫的這首曲子叫什麼？

——舒伯特，——店員癟著氣管說——《死與少女》。

——叫什麼？

——死，與少女。

他放開店員，他確定，沒錯，自己是個音癡，但是沒關係，他戀愛了，這方面那方面白癡一點是很正常的，他獨自一人又在街上笑了整整一小時，笑到眼淚流了出來。

他太太和他結了婚，那時，他已在同一家小銀行裡，不上不下地工作了好多年。有天，他看到布告，公司緊急招募夜班即期外匯交易主任，職銜是主任，其實誰都知道，這家小銀行的外匯交易員，班班僅就單兵一人，上一位主任，就因爲長期在大辦公室裡獨自熬夜，有了幻聽幻視的現象，必須入院治療。他想，好極了，這工作適合他，因爲毋需和同事相處，他去報了名，被趕著上了幾星期的培訓課，沒看見任何競爭者，就被丟進大辦公室裡了。

他獨自發現了新世界。一週五天，他穿著短上衣、牛仔褲和球鞋，去便利商店買礦泉水和菸，像探險者一樣，從鐵捲門半拉下的銀行後門鑽了進去，跟警衛室的警衛簽到，姓名，某某某，事由，上班，目的地，十樓，進入時間，十七點五十分，離去時間，他也預先填了，三點十分。他進了大辦公室，跟螢幕前的午班主任交接，在紙杯裡倒了些水，充作菸灰缸，開始工作。

他下了班，開動車，過了大橋，離開城市，回到家，他不立即進家門，卻又到河堤上吹風，心中還想著剛剛發生在螢幕上的事。當天台北時間晚間十點整，亦即紐約時間清晨十點整，美國的葛林斯潘葛老，登台講話了，在葛老登台前兩小時，紐約市場開始交易了，他在螢幕前看見，閒磕瓜子的有，亂丟毛巾的有，跑個龍套掠點鋒頭的也有，但主要盤勢幾乎是定住不動，全世界就等著葛老出來唱聲響，好容易，葛老粉墨登場了，開頭定場吟了句——

美國經濟穩定成長中，但仍有不確定因素存在。

這是句相當值錢的廢話，投資人記得最近的後半句，便心搖意亂了，美元匯市立地崩盤，直直滑落，他身旁的二十四線電話開始響個不停，什麼數字都有人喊得出來，價位不斷跳空，已經沒水準到了家破人亡的地步了。此時，遙遠的美國，葛老大約也發現苗頭不對了，他抽換一張演講稿，挺早先的前半句話，爲美元委婉護航，再抽換一張演講稿，全面爲美元灌頂加持，到了演講結束時，美元一跌一升，正好打平，葛老漂亮告退，等於沒登台過，只把他累得跟狗一樣。

他覺得自己像個小丑，可笑得很。

那時，在他最左邊的一面螢幕，仍舊不疾不徐，依自己的邏輯與步調，一行一行吐著沒什麼用處的文字，他想到，在這套即時訊息播送系統的另一端，一定也有某人正熬夜工作著，把資訊匯整，一字一字打出來，播送出去，那時，他突然回想起了在校園裡一下一下拉著鐘的那位老頭兒，他想著，那老頭兒如果每一整點都得回到原地拉那鐘，那麼，在那偌大的校園裡，他豈不是像被光拖曳著的蛾一樣，哪裡都別想跑遠嗎？並且，他沒有遲到的權利，在每一整點之前幾分鐘，他就是得出現在鐘塔下，右手在鐵盒裡就位，左手平舉，對著自己的手錶，時間到，他就得準確地把鐘拉響。

——這個世界上，原來有人從事這樣的工作，並且因爲這樣的工作，而呈現這樣的存在狀況啊。——他想著，他低頭，看看面前的八面液晶螢幕，最左邊那面，還在靜靜地不斷地一行一行地吐著文字，他想著，可惜這套系統不是互動的，否則，他有一種衝動想同覆遠端的那陌生人，別再寫了，這些文字，一點用處也沒有，因爲這世界並不遵照這樣的邏輯與步調走，別寫了，你的工作，一點意義也沒有。

他睡著了，睡得極熟，而且醒來的時候，他記得自己作了一個很長、很有情節的夢。他想，據說人只有在將醒之際，淺眠之時才會作夢，因此，如果他記得自己作了一個很長的夢，那麼，他無意識地熟睡著的時間，應該更長更長了。世界變簡單了，他想，因爲一個意念就能改變世界的時代，已經過去了，但人的力氣，跟轉個不停的世界相比，就好比放進宇宙無量的黑幕裡的，一枚小煙火。

——你覺得呢？

——嗯哼。

他想，太太說得對，他們應當離婚。

一戶新裝潢好的公寓房子，誇張突出的整牆鐵柵欄上，一個小孩掛在上面，正自個兒掙扎著長大。他的父親母親，自己就是對半大不小的老孩子，他的母親，對清掃屋子，布置房間，打電話和朋友聊天的興趣，比陪他在地上爬，看他反芻食物的意願高；他的父親不常回家，偶爾不小心碰著面，也不知道該對他說什麼，就又出去了一會，回來時，帶了拼圖、積木，或是一盒彩色筆，送給他。他關在那比水族箱還乾淨的屋子裡，自個兒做些什麼消遣呢？他照鏡子，跟自己的形影玩，再大一點，他看電視，打電動，把關老爺他老人家在那虛擬的時空裡整死幾百次，或者，他也不幹什麼，他就掛在鐵柵欄上，看著欄外移移動動的人，像看電視一樣。

遠方的舊住宅區裡，一個郵差模樣、穿著綠襯衫的男人，正走進一間有著斜簷的磚造平房，他突然想像，在那間平房裡，住著一千隻鱷魚，那男人一走進去，就會被鱷魚啃咬，開腸，剖肚，分屍，傾刻間就剩白骨一堆，被從窗口扔了出來，他爲什麼這樣想？他也不清楚，只是這樣想，稍稍排解了一點無聊感，他就拿起圖畫紙和彩色筆，把這景象畫下來，他畫，一間寧靜的磚造平房，一位面容愉快的男人正走到門口，手搭在門把上，他還加了滿地五顏六色的花，晴朗的藍天，大大的紅太陽。此時，母親正好講完電話，走近他身邊，她看了畫，好開心，她說，畫得眞好，像眞的，眞漂亮，媽媽明天買盒水彩送你。他得意極了，他想，母親並不知道這屋裡即將發生的事。

他上學了，乾淨乖巧，功課極好。下課十分鐘，他坐在教室裡作計算題，偶爾抬頭，看見他的同學們滿操場亂跑，溜滑梯，盪鞦韆，吊單槓，爬竹竿，或者找誰幹上一架，有人手上的餅乾掉在沙地上，又撿起來繼續吃，好勇敢，而他卻哪裡也不敢去，連廁所也不太敢上。很多年後，當他回想起學校生活，他記得的，就是自己很乾淨乖巧地憋屎憋尿。他還記得，這輩子母親只帶他到附近公園玩過一次，那不是什麼愉快的經驗，因爲母親只在旁邊新發現的服飾店街逛了一會，他就被一個不認識的小孩給揍得倒在公園沙箱裡爬不起來了。母親來解救他，拍拍他身上的沙塵，帶他回家，母親說，這世界壞孩子眞多，以後還是別來公園比較好。後來，他常看母親提回服飾店的包裝袋，只是，他再也沒去過那座公園了。他忙著上繪畫班，上心算班，上小提琴班，他知道自己很聰明，因爲總有人提醒他這一點，並且，如果不知道自己很聰明，他不知道他還應該知道些什麼。

學校裡，輪到他當值日生了。他和同學去抬便當，他看見那老工友坐在蒸飯間裡，對著一瓶高粱自斟自酌，老工友打著赤膊，渾身刺滿的字和圖畫都在冒汗，他不知道那老工友怎麼會出現在這裡，對他來說，那老工友無異於外星人。抬完便當，他去福利社買便當吃，他看見福利社在賣一款新的文具組合，裡頭有彩色筆、蠟筆、水彩盒、尺規組等等，他想了一會，就買下來了，他提著這公事包一樣的文具組合回到教室，同學們都湊過來看，很羨慕他，他得意極了，把文具組合附贈的貼紙送給班上一個搗蛋鬼，希望那搗蛋鬼以後少找他麻煩。他回到家，脫下制服，才發現那貼紙張張都黏在自己衣服背上了，難怪大家一直對他笑，他不知道事情爲什麼會這樣，同學們對他來說，都像外星人一樣。

還有一個外星人，不定期會跑到他家來。門鈴響了，他透過門上洞眼，看見那個老人又來了，那老人還是提著口破環保袋，裡面裝著青菜，他開了門，那老人就進屋裡來了。那老人據說是他外公，他想，也行，隨他們怎麼稱呼，他不介意，對他來說，外公等於外星人的意思，他跟外公交代了，母親不在家，父親不在家，這家裡沒人在家，就自進了房間，繼續打電腦遊戲，殺幾隻異形出氣。窗外，他看見外公又光著腳晃到陽台上了，他知道，他家太乾淨了，叫外公待著不自在，外公據說是鄉下種田的，習慣光腳踩泥巴，他不明白，這麼不自在幹什麼不定期就晃到他家來？他看見外公又從上衣口袋摸出一包菸了，每次外公一走，陽台上的盆栽就會種滿菸蒂，讓母親的心情很惡劣，他嫌惡地拉上窗，打開冷氣，他專注在電腦遊戲上，很快就忘了那老人。

有一天，母親告訴他一件事，他想，喔，你們離婚了，他想，這樣也行，反正對他沒有影響。

他工作了，乾淨俐落，表現極好。他的辦公室換來換去，哪裡有難題，他就被派往哪裡去，他習慣有人爲他指出難題，並且信任地望著他，告訴他，就是這樣，都交給你了，他會說，沒問題，他知道他不需要跟誰取得共識，只要想出一個簡單清楚的法則，就可以推著大家照那法則走，他沒有跟誰比較過這做法好不好，但他知道，要他來做，他只會這樣做。他一向如此心無所懼地對待工作，直到有一天，在公司的慶功宴上，所有人都喝醉了，只有他還醒著，他不明白人幹什麼要喝酒，他穿著白襯衫，繫著黑領帶，像參加喪禮一樣端坐在餐廳一角，心裡盤算著，不知道人們什麼時候才會慶祝完。

公司裡的一個搗蛋鬼同事，端著啤酒杯，晃近他身邊，探頭探腦打量著他，又拉過另個同事，指著他，對那同事說——

你看，他像不像一隻蠶寶寶？

面前有人笑了，彷彿就是那麼一瞬間的事，他感覺整間餐廳好像著火了。男的對他笑，女的也對他笑，下屬對他笑，同事對他笑，連胖大的上司也在座位上嘿嘿嘿對著他笑，餐廳的廚子扔了鍋鏟，侍者丟了菜單，所有人包圍了過來，張開大嘴不斷地對著他笑，他想問他們，餐廳都著火了你們爲什麼一直笑？後來他發現，點火的就是他自己，大家是來看他像一隻虛弱蒼白的蠶一樣，蹲踞在自己的衣冠塚裡，而且這隻蠶的臉色，像燃燒的炭一樣愈來愈紅，愈來愈熱。

當時大家都醉了，沒有人知道發生了什麼事。

第二天起，他開始不定期請假，他是眞病了，往往一出家門就頭暈目眩，牙根作痛、有一天，他好容易到達了公司，上司憂鬱地望著他，遞過張名片，說今天讓他請公假，要他掛號，去見名片上的人。他聽話去了，走過一道自動分開的玻璃門，他看見一位套裝小姐迎了過來，帶領著他，在走廊上繞著，他被帶進一間四面無窗，空調調得極其寒冷的小房間，一位長得很像他母親的中年太太，就貼著牆坐在一張深黑色辦公桌後面，他在辦公桌的另一頭坐下了，中年太太很慈祥地問了他幾個問題，他坦然回答了，中年太太又從深黑色的抽屜裡，抽出一張純白八開圖畫紙，和一筆盒的彩色鉛筆，中年太太告訴他，請他隨自己的意思，畫上樹、家，還有人。

他望著紙和筆，感覺自己再一次受到羞辱了。他知道這是測驗，並且他知道自己一定會表現得很差，他拿穩筆，對準紙，有生以來第一次感覺自己不會畫畫，因爲他知道無論他怎麼擺置樹、家，還有人，怎麼把畫面遮掩得既美麗又和諧，他知道，這一次，這位長得很像他母親的中年太太，還是會像有潔癖的人看到髒東西一樣，一眼就挑出他的毛病所在。他想告訴她，他已經長大了，而且他夠聰明，他知道自己的問題在哪裡，她想藉由圖畫檢視出來的他的空虛他的痲木和他的什麼的，都沒錯，都是他的問題，只是，就算他已經知道了自己的問題，他還是只會像現在這樣生活，爲什麼呢？因爲他長大了，而且他夠聰明。

很抱歉，他對那位中年太太說，我畫不出來。他起身，離開那地方，第二天，他去遞了辭呈。

辭了工作，他再也毋需出門見人了，他與他的母親，鎮日面對面困守在家裡。他開始不相信這世界存在著像是打錯電話，或者按錯門鈴這樣清楚簡單的小意外，他認爲，這世界以他爲核心，核心之外，人人圖謀著陷害他，羞辱他，趁他不注意時對他放出致命的一言一行。他不敢開電腦，更不敢接電話，他擔心遠端正有人利用此些方便的科技，監視、監聽著他，他於是反監視、反監聽，他像童年一樣掛在陽台的鐵柵欄上，一動不動，像看電視一樣注視著外面，在那條窄巷裡，一個男人從左邊走過來，一個女人從右邊走過來，兩人在中間會合，男的說，咱愛妳，女的說，咱也愛你，兩個人一同伸出手，抱在一起，兩個人一同噘起嘴，親成一團，男人的手，趁便摸女人的屁股，女人的手，輕撫男人的背，喔，他想，這是在談戀愛。

突然之間，客廳的電話響了，當時，母親正趴在地上，用一條抹布拖著本日第二回合的地。她抬起頭，看著電話，再看著他，彷佛不確定是什麼東西突然響了，他看看母親，再看看電話，陰謀，心底有一個聲音告訴他，果然有陰謀，敵人正盯著他，趁他走到陽台上時才打電話襲擊母親，他跑回客廳，拔掉電話機，把它丟進母親拖地用的水桶裡，背起藏在茶几底下，準備了很久的背包，扶起母親，開始逃亡。

他開動那輛閃閃發亮的黑色跑車，後座載著母親，他沿著公路繞了不知有多久，後來他明白，他這是在一座島上，他只能再往原來的地方開回去。此時，心底有個聲音一直對他笑，笑他的徒勞與盲動，他像照鏡子一樣，用力地對那聲音笑了回去，他想，好吧，要玩就來吧，他於是帶他的母親，繞海濱，進各種樂園觀光，他學母親，總是注意把自己和眼前的一切弄乾淨，不留痕跡，他想，我就這麼愉快，我也學會了慶祝，我就是讓你們捉摸不定，看你們能拿我怎麼辦，最後，一個假日在路上逮到了他。

他也陷在海邊這樣一條車陣裡了，他開著車，後座載著母親，他像位ＲＰＧ電玩的主角，小心翼翼地觀察著眼前一切景象，等待著什麼東西給他最後一擊。在他身旁的助手席，放著他買給自己的一只塑膠風箏，一把小木劍，一顆放了氣的海灘球，一個小水桶和一柄小沙鏟。喔，他的母親在後座叫了一聲，他問，怎麼啦？母親說，她剛剛好像看到她的父親從車窗外走過去，他花時間運算了一下，他想，母親的父親等於是自己的外公，只是，那個據稱是自己外公的老人，不是已經死了好幾年了嗎？

他不明白。

那排在最頭兒的那人，把車子開進城裡自家大樓地下停車場的車庫裡，在那座城市裡，她，正坐在陽台的一張椅子上看報，她指著報紙，低低對他說，我們無能為力，一點用也沒有。他讀那報紙，說是遠方的一個敘利亞國，一個伊德里村附近的一個塞祖恩水庫，不知怎地突然崩了，水庫蓄的水，像沖馬桶一樣，把伊德里村全村都沖走了。他看那照片，聳立在平地上的高壯河堤裂了個大口，露出刺眼的天光，平地上都是泥濘，沒有任何突出物，一個人騎著單車，背著天光，正向他騎來。他想，那在泥地上的那男人，他哪裡找來的單車？他是村裡人？是警察？是與拍照那人同行的記者？是住水庫另一頭的水庫管理員？還是外地來找親戚的？但天光太亮，他一點也看不清楚他的模樣，他只看見，他彷彿戴著頂鴨舌帽。他想，他若曾經待過這村裡，他這樣一路騎著找著，腦裡必然翻漲出許多人影，這戶昨日駐著一流浪戲團，那戶收容了一逢人必笑的傻老乞兒，這戶囝仔無爹，那戶爹爹跑了老婆。圓滿也好，殘缺也罷，那大洪水倒是不辨盜跖與顏淵，將他們體帶離了。

那大洪水隨性所至，興許還塡滿了一個大谷地。那個黃昏無雨，幾位渾身濕透的伊德里村村人，像螞蟻一樣攀附著門板，一截斷木，或一頭死牛，努力讓自己浮在水平面上，水平面扶搖著，遠方的陸地好像一直在後退，一個大漩渦逆時鐘方向轉過，什麼東西被捲進去，沉了，寧靜地不留痕跡。一位老村人坐在一面門板上，給震動了一下，他抬頭，看見滿天鳥兒驚惶地飛，其中有一隻是他養的大公雞，公雞拍著雙翼努力撐著身上的鐵籠往上飛，又一個大漩渦轉過，他也不掙扎了，他頭一偏，張開雙臂，緩緩向下沉。此時，一位半浮著陷入昏迷的伊德里村村教師，被村老人在水裡給撞了一下，猛醒過來，他頭上腳下划出水面，張眼一看，矇朧一片，世界完了，良久他才發現不是世界完了，是他的近視眼鏡掉了。他是阿拉伯後裔，隸屬伊斯蘭教遜尼派，自幼受教於派內哈乃斐教法學系，在油燈下跪著熟讀了可蘭經，他禱告，警醒自己勿驚勿疑，眞主說，勿驚勿疑，若要淹沒咱們全部，祂必須融化天上所有的雲，那時祂就必須顯露出祂自己，眞主總也不願如此行。

又一個大漩渦轉過，他被帶著逆時鐘轉了一圈，他看見有一個人，雙手搭著一截斷木，雙腳踢水，快速向他游來。他辨清楚了，是那位傻老乞兒，傻老乞見他便笑，雙手輕推，斷木向他滑來，村教師牢牢攀住了斷木，心裡感動極了，他想著，傻老乞兒平時逢人便伸手乞討，危急之時卻也知道將救命的東西捨出，他抬頭，想讚美眞主，矇朧間瞥見一塊黑黑的雲當頭砸下，撞在水面上，他微笑不及收斂，向後一仰，又暈了過去。

傻老乞兒看見一個大鐵籠子從天上掉下來，沒被砸中的村教師給嚇暈了，臉孔朝上，呈大字型躺下了，大鐵籠子的柵門脫開了，裡頭的公雞力氣放盡，無力飛出，眨眼便連鐵籠一起向下沉沉沉了……

他想，她說得對，我們是對許多問題都無能爲力，一點用也沒有。只是，如果這世界一塊陸地也沒有了，我們興許還是活得下去，我們學會沉潛，我們長出蹼，我們胸膛鼓脹，吸聚水底的氣泡，我們長滿鱗，不再害怕冷潮襲擊。或者，整個世界都被冰給凍結了，我們也就萎縮了我們自己，成了封在固體裡的蜉蝣。那時，出生和死亡都無關意志了，我們就是一口氣都不存地活著，等待另一顆恆星再將我們解凍，我們總能活著，如此而已。

她放下報紙，對他說，她要離開一陣子，出外走走。

他背對一間房子，送她出了門。

她，在一家公司，像工蟻一樣從早幹到晚，每天的工作內容大致是，與另兩位同事老大與老二——輪流傳閱一疊稿子，一字一字校對三遍，再一頁一頁在電腦上製好版，她們就好像是不同年份所遺留下來的樣本，專爲可憐的文字而生的保母。每天下午，當剛吃下的午餐在胃裡發酵時，她總是會經歷一種奇異的狀況，一行一行的方塊字相當快速地從她眼前滑過，滿紙跑馬，她好像把整段文字背下來了，然而實際上卻什麼都記不得，這時，每個字看起來都不太對勁，但是，她一個錯字也挑不出來，這就是人們所謂的意識流，專門襲擊編輯的大瘟疫。老大的說法是，要日以繼夜，夜以作日，連續看稿子看十年以上，才能對意識流完全免疫。——那個時候各地的革命都失敗了，黨人死的不少，每個人都很不高興，每個人都很牢騷，我百念俱灰，每日讀申報，便先看電影廣告以自遣。——她記得，這是下班之前，她對著手上厚厚一疊打字稿，所能辨識出意義的最後幾行字，但這是誰的回憶，在什麼時間，什麼場所裡發生的？她已經搞混了，記不清楚了。並且，她也已經不感興趣了。

他想去查查書，看敘利亞國的夏天，一般開什麼花。

她要他說個故事，他說，是這樣的，從前從前，有名書生要進京趕考……

——又是書生。怎麼你的世界就沒有其他人？

人就來了，他說，荒涼的曠野，書生的背後，就出現了兩個人影，一高瘦，一矮胖，連同書生，這三人原來互相素不相識，只因爲荒野蒼茫，路僅一條，才使他們同行在一起，這夜深了，他們走進一間破廟裡休息，各自尋地方睡了，睡到半夜，突然就聽見那高瘦的在那兒哀哀啼哭，矮胖的那位，正在夢中的大海裡嬉戲，還以爲有人在岸邊吹海螺，他被吵醒了，正要發作，但他聽那高瘦的哭得實在悲切，就披好衣服，摸到高瘦的身邊瞧瞧……

——鬼出來了嗎？

沒有沒有，且莫著急，這矮胖的就問那高瘦的說，高兄，這天涼夜靜正好夢周公，高兄何以中夜不眠，也學那荒雞啼哭？莫非高兄客途在外，思念起那年邁高堂，嬌妻幼兒，侍妾僕役，車馬犬友，還有貴邸門前那對石獅，這才悲從中來？非也，高瘦的說，若是思念仳離之人，弟必自隱默遣懷，不敢慟哭驚動大哥是也。然，矮胖的又問，高兄想必是盤纏用盡，憂心無從入京門，這個容易，說著，矮胖的就去解了錢囊。非也非也，胖大哥且慢，高瘦的說，太平庶世，人皆喜捨，何由擔心行腳之資耶？則，高兄想必是少年荒誕，用心不專，擔心此去功名無望，這也容易，有緣同行為伴，正該相互砥礪，說著，矮胖的又去解了書袋。唉，胖大哥實在錯得離譜，弟雖不肖，自幼也知伏拜詩書，目今半部論語倒背如正，舉一角能以三隅還，此去應試，何慮之有是也哉？

——罷了罷了，高兄之傷悲，眞也高深莫測，小弟實在猜不透。

——胖大哥見笑了，胖大哥如此關懷，小弟自當坦誠無隱。是這樣的，小弟荒夜無聊，偶見自己的肚臍眼，頓覺溫馨感動，頗想賦詩一首，忽然，小弟又察覺這肚臍眼上竟有一機樞，小弟一碰那機樞，自己的肚皮竟堂皇掀開，小弟急往肚裡一瞧，胖大哥，小弟察覺自己居然是，居然是……

是什麼？

——胖大哥，小弟居然是，是一個機器人……小弟這才難過地哭了。

——這是什麼故事？——她站起來，伸伸懶腰。

妳聽下去，他說，這矮胖的看了看高瘦的肚皮，再看看高瘦的悲苦的表情，思前想後，忍俊不住，哈哈大笑了起來。這高瘦的困窘地說，胖大哥何故如此，無惻隱之心若是，眞乃枉讀聖賢書是也夫。非也非也非也，那矮胖的忙止住笑說，小弟乃笑仁兄多慮了。只見矮胖的也開敞衣襟，霍地掀翻了自己的肚皮，這高瘦的驚訝萬分，定眼一瞧，他看見矮胖的肚皮裡的機器零件，鐵亮鐵亮地沐著森冷的夜光。這矮胖的眞開懷了，他說，您瞧，普天底下枝草點露，就算是機器人亦孤而不單，小弟這心臟還是新型的，才剛換過機油呢。

——妳覺得這故事怎麼樣？

——好無聊。

——妳不想知道那位在旁邊聽著的書生，後來有什麼發現嗎？

她聳聳肩，她說，她覺得很累，她再也讀不到三項重要的故事主題了。這三項是戰爭、愛情，還有一項，他不記得她說的是什麼了，他默默聽著，失去了安慰她的力氣，他想，長久的婚姻，夫妻之間，果然也不存在了戰爭、愛情，還有那項他忘記了的什麼。他們默然坐著，直到黑夜掩了上來，在這個世界上，白天的背面就是黑夜，他想，黑夜是很公平的，無論地球轉了幾圈，黑夜底下，咱們看不到的，就是看不到。

他想告訴她，小心了，咱們得小心留意任何瑣碎的痛苦與歡樂，是的，因爲咱們既不會長生不死，也不能就在今天死去。

兩個人，各自占領腳下四戶人家的領空，對彼此一無所知，也沒有興趣知道彼此，以禿鷹一般的姿勢，俯望千門萬窗，城市生活變成千瘡百孔的眼眶，彼此互瞪。看世界，最貼近地表處，早市人潮在午後散去，遺留滿地垃圾與一頭被支解零賣的死豬，污水一縷縷滲進阻塞的下水道中，一個瘋漢，與綠頭蒼蠅同時從孔隙中竄出，手撫蒼蠅，在巷的兩端來回走動，以一種難明的語言，叫罵不明對象，像是登台唱戲，屠夫洗淨了弧刀，將一顆頭顱扔進冷靜冰櫃底，早起小販在各自屋裡安睡，聽在耳裡，瘋漢吼聲混進遠街車聲，旋即隱沒，在背後屋裡，包藏一間陰暗的密室，聽到密室鎮日轟隆發散沼澤生物的嗚咽低鳴，還無時無刻不聞到，密室從孔隙中竄出的潮腥味。

清晨三點整，寅時頭，減價時段，一個人在ＫＴＶ密室，與自己同樂。這世界跳過了鄉下，只有城市，和一個一個原始人的洞穴。唱完歌，去宵夜早點賣成一氣的飲食店喝豆漿配蛋餅，邊吃邊和滿店的人，隔著櫥窗，看一隊工人把一條馬路挖翻，封鎖的馬路上還有兩輛車，前頭是一輛大卡車，後面跟著輛輸送車，輸送車像長頸鹿，長長的輸送帶上滾著熱燙的柏油礫，一口一口吐進大卡車背後的斗箱裡，兩輛車都開動著，前頭的大卡車若開得太快，後面輸送車的駕駛就按喇叭警示，叭——叭——叭——，兩車一路頂著撐著嗚著等著從面前開過去，回頭看見每個人的眼睛都紅紅的，喝著豆漿嚼著蛋餅邊想，這是在哪裡啊？

……在無事可做的年代，走下新生南路，如果，遠方車禍正在發生？

去泡網咖，就坐在這桌前，用這滑鼠，在網際網路上頭飆，記得疑問是——

如果地球逆轉 月球會怎樣 :)

答案隱於深海電纜中。答案說，數十億年前，月球與地球引力相吸，地球傾斜自己，才留住了月球，於是世界有了季節之分。如果現在地球逆轉，月球還是不會改變它的軌道，它將以同一面較為沉重的臉，相反地西升東落，持續遠離，直到有一天逸出地球的引力。他想，這就是歷時最久的愛情角力了，他抬頭，看月盈月虧，他看的，原來是兩物相吸的陰影啊。他再想，如果月球初始即不存在，心跳般的潮汐也不存在，地球火山不再輕易噴發，板塊不移，大氣層延遲數十億年出現，微生物今天才誕生，而現時手握滑鼠的他，也不知有身無身，身在何方了。

一個人回家，放水洗臉，水龍頭注入洗臉盆，打了個漩，漩渦呈逆時鐘方向轉，他明白，這是地球引力造成的，他這是身在北半球，引力就這麼平平穩穩無所不在，他戚戚憂憂也不知是爲了什麼？剎那間，他想起了形和影的道理，在那空無一人的大辦公室裡，每個人的辦公桌，有人在桌上玻璃板下，夾了先生太太小孩的合照，有人在桌前月曆牌上，貼了張便條紙，寫今天要看牙，還有人桌前就堆了疊紙，那是附近茶坊下午茶餐點的選購單。他就像看到滿屋子人影還活著，在那海邊塞著的車陣旁，看見車窗上顯露出來的張張人臉，那人臉引他想起別的人影別的事，他知道，他們是先移動到此才與他相聚，在那十二年一度的大醮上張望，突然覺得這十二年一度的幻影比每時每刻生長著的人們還踏實，他興許不是在作夢。

逆著轉著，逆著轉著，逆著轉著，人總是熱鬧地尋找著娛樂；逆著轉著，逆著轉著，逆著轉著，回到那十二年一度的大醮裡。戲進行到一半，那當家旦角負氣走了，那老闆和教戲先生急得方寸全失，胡亂叫個演奴婢的上台去扮著撐著，一邊在戲後台，攤開紙謄改下半場，兩人剛研好墨，腦子剛醒了，就聽見台上唱開了，她，清吟一句——日落西山黃昏暗——從盤古開完天闢完地回家喝的那碗溫開水唱起，悠悠蕩蕩，蕩蕩澈澈，心無著落息無痕，吊得滿場喘不過氣；良久，橫笛跟上來了，月琴跟上來了，鑼，鼓，板，整好陣式，如夜軍渡河，悄悄跟到了，一周一折，一反一復，那小娘子御著繁音萬曲。老闆和教戲先生在戲後台聽呆了，冷汗直流，墨水點點滴在白紙上，又周，又折，又反，又復，小娘子沉默片刻，令萬千隨眾自隱，字字憐惜，字字決然地唱了句——你我難再結成群—

吟罷，略一欠身，她原先端上台的那盅茶，還穩穩當當停在茶托上，片刻不移。待餘音在遠處林子裡息了，觀眾裡才有人喝了聲好，隨後，掌聲，喝采聲，足足滿滿亮了起來。戲後台，老闆抓著教戲先生的手肘，望著他，感激地問，您給教的？那教戲先生搖頭苦笑，擲了筆，說，慚愧，在下忝列教席，這便辭過東家。說完，他悶悶想著，鬱鬱走遠了。

他也走遠了。

一個人遲到了。那時，時間已經過了好久好久，樹林不見了，他但看見那空曠無頂的大戲台邊，圍觀的群眾造成了海，戲台像個放大幾十倍的跳水台，上面站著三位穿泳裝的女司儀，和兩具巨大的擴音機。他直入那大廟門，看見大廟邊廂坐著他那位受不得激將法的朋友，他在廟裡賣香燭——他已經老得不像話了，長長的鬍子垂到地上——他拖住朋友，對他說，咱已經讀不懂那三位子了，咱就記得咱手裡這本書說的事，這本書上說，亙古以來直到現在這一秒，是以一種循環接著循環的方式成就的，這個循環的單位，會漸漸膨脹，膨脹到最大處，再慢慢縮小回來——就像個紡錘根一樣，就像您告訴咱的一樣。

——您說得對，您說得對。——朋友說。

他說，書上寫，當這個循環的單位等於咱們理解的十年時，女生五月便行嫁，是時世間酥油、石蜜、黑蜜諸甘味，不復聞名；當這個單位等於八萬年時，女五百歲始行出嫁，時此大地坦然平整，無有溝壑丘墟荊棘，亦無蚊虻蛇蚖毒蟲，瓦石沙礫變成琉璃，人民熾盛，豐樂無極。咱想請問您，在必有邊界、必得循環的時空裡，怎麼可能豐樂無極呢？

——您說得對，您說得對。

——咱想您也不知道吧。

——您說得對，您說得對。

——您這是怎麼了？

——您說得對，您說得對。

——咱告訴您，這似乎是在說，看似無邊無際的靜，其實是在規規律律地動著，而靜的——也就是不動的——沒有邊界、限制、規範、動的，卻反而有邊界、限制、規範了，咱請問您，什麼叫體無常，才能生安定？爲什麼說明一件事，修辭要這麼正反互用，才說得明白？

——您說得對，您說得對。

——您到底是怎麼了？

那時，在遠方，有人喊著，脫了，脫了，滿廟的人轟然向大廟口擠去。半空中煙火炸開，一群年輕人，頭披蓋了廟印的黃巾，走了過來，領頭那人，提捻住他那朋友的長鬍子，說，老頭兒，今晚這麼高興，你好歹給寫幾個字吧。

——您說得對，您說得對。

他看見朋友從口袋掏出半截墨條，在墨條頭兒呵點熱氣，就在面前石桌上研起來了，石桌自生津，股股墨水都聚進了桌面一個凹陷的洞裡，那人放開那朋友的鬍子，吶吶地說，原來老頭兒你眞會寫字啊，被你騙了這麼多年。朋友從另一邊口袋掏出半截禿毛筆，提了墨，就著張冥紙頭畫著筆畫。

——看懂了，這是個馬字。——人就喊了，

——別急，旁邊還有呢。

——草字頭。

——兩個口。

——這，這成個什麼字？

——下頭還有字。

——知道了，老頭兒要寫個虎字，什麼虎的

——不，咱看是個虛字，這意境高。

——高你個頭，你看，寫不完，口又長出來了

——呦，成了個吳。

——寫完了？

—寫完了吧，就這兩字。

—這兩字，怎麼唸啊這是？

—ㄏㄨㄢㄩˊ。

—ㄏㄨㄢㄩˊ？

—啊，就ㄏㄨㄢㄩˊ嘛。

—就那意思？就那意思……有這麼難嗎？我記得不是這樣寫的。

—看誰，老頭兒憋了那麼久不寫字，一出手就這德性。

人群哄堂而散，一個人才出現。四野空曠，一個人也不剩，他躺下了，睡著了，他今早洗臉刷牙時，發現牙刷是禿的，牙膏管子蜷曲起來，刮鬍刀鈍了，連毛巾也腐爛在牆上，雨水餘響在頂樓加蓋的鐵皮屋頂上，他醒了全家也就醒了，他弓著背站在鏡前，新的一天就這麼光光亮起，意識流來了，意識流迎面來襲的時候，他看見她一腳跨出門檻，兩手還整著衣袖，他的眼睛閉了，蒼蠅慢慢爬進鼻孔裡，一眨眼，另一隻又鑽出，他已經沒有氣息了，法會，建大醮，棚架立起，他們在裡邊摸著紙牌，紙牌整日整日傳遞，邊角都給日子磨損了，但祂不在乎，到處都是開闊的地，但他們常常需要擠成個圓，在舊木桌前聚攏了四季，看起來任誰也沒有餘裕，火，鍋爐的火就讓它熱著吧，他們隨時都會來，牠是坐不住的，焦躁了要往火光奔，她總注意著牠，摟了牠護衛在懷裡，揮趕著蒼蠅，又裝進了一天，黃昏剛上，就要進屋，莫要錯過了日子才好，今日可是第七天，確定嗎，就是吧，日子編派在日曆上，日曆掛在水泥牆上，泥牆支撐著房門水泥頂，都睡了，探尋時間等於驚擾，夜霧深凝，日復一日，塗抹一層又一層，天又低了些，昂頭數皺紋，日子對了，荒老下去，有天一伸指就碰著頂，還以爲長高了，陰晴柔映海面，海潮月浪跟隨彼此，那深海底，卻寂靜不可聞問，字都融了，字都融了外面路應該修好了吧，暴雨已過了這許久，說不定的，明天天氣很好，修好就走，說個故事，說什麼好，時間錯亂了，宣誓在睡時安眠，在吃時呑嚥，在行路時移動，平坦的風晾曬，四個輪子怎樣運轉，砲彈爲何爆炸，黑暗中如何造出影子，晾曬著的，甚至不想去靠近那火光，對一個世界，最初想像，是晾曬著，早起迫著失眠，用圓蓋蓋妥一個圓，張開眼，還在等待，站在道旁等待爲法會而來的人，所以誰也不去阻止誰，坐不住，就響著，在揮趕蒼蠅的手勢裡安睡，蒸煮著毛孔噗噗作聲，每天早晨，站在舊空氣裡，駝著背觀察自己，沉靜如同一杯冰塊在互相擦撞，碰撞聲，嘆息聲，呼吸聲，呑嚥聲，完了，又搞砸了，別恨自己，自我無形有影，再來過就好，一次一次重新組合一個拆卸了的時鐘，所有零件一無遺漏，只是時鐘再也不走了，他曾經走到一個極其熱鬧的所在，那房間地板全然的綠，鈴響了，人來關掉燈，一天裡，燈只暗一次，也只亮一次，整齊排開六張床，躺著六個人，一號二號三號，四號五號六號，每張床右首配一雜物櫃，床與櫃間貼齊床沿備一塑膠垃圾桶，每樣家具都漆有番號，每個住著的人都配有一套，十二個人一同在洗衣間抽菸，洗衣機捲著潮濕的煙幕，他們站著坐著斜擠，馬達鎮日不停，菸抽完了他們的衣服也乾淨了，十二個人一同在康樂室看電視，夜晚九點五十分的氣象小姐，張開一面天藍色的帷幕，人們，特效，打上衛星雲圖，雲團濃縮，加速捲著，氣象小姐熟練指出，是哪道滯留鋒面，帶來現今的雨，然而他知道，她只要回頭一看，她就知道後面什麼也沒有，十二個人一同在盥洗室刮鬍子剪指甲，水龍頭鎮日不停，水聲灌進房間裡，每個走回房間的人都濕著一張臉，用刀用剪的地方就有人們監視著，在長長長長的走道上，十二個人一同排隊使用一具電話，走道一端是鐵門柵欄，另一端被厚牆上高高的窗所阻絕，十二個人一同掛在鐵門柵欄上，十二個人一同喊，警衛，警衛，麻煩您，給咱投個鋁箔包，十二個人一同拿起鋁箔包，尖尖的吸管都給取走了，無刀無剪，無器無械，十二個人一同張嘴啃咬包裝盒，喝芭樂汁的像啃芭樂，喝柳橙汁的像啃柳橙，時間錯亂了，因爲記憶的緣故，完了，又搞砸了，再來過就好，口又長出來了，虛，這意境高，呦，成了個無，失眠時，失眠時他知道，欠缺天文常識是種災難，清澈的星空中，應該浮現一頭熊，一把杓子，或者一雙獵人延伸的手，天空藏滿奇異的生物，地上人們仰頭看見，就知道了季節與方位，但他努力回想滿天星斗的盛景，才發現分配星星的密度，在天上，非常不容易，無論如何嘗試，他的星空總像是戴著白鋼盔的士兵，在瀝青操場上整齊排出的矩陣，他作出一首詩，他寫，仰望，在回憶時總成了俯望，在眞正睡著前，他想到個好方法，讓回憶星空逼近眞實星空，那就是，把黑操場上的白士兵全數撤走，僅留一員，那是最亮的北極星，在整面漆黑噬人夜空中，僅有一顆星寂然亮著，此景必然恆常出現在人世之上，也於是他發現，世間最易臨摹的乃是人與人間的孤隔，只要專注在融沒入整片黑暗中的一點矛盾，不存在對抗，毋需理解，連質疑也小心避免，只要看，看那肉眼可見的餘光不斷不斷奔跑出亡著，很久很久以後，它會自動在遠方凝成一個靜止不動的點。——從何時開始，只剩下視覺了？

他醒了，他站起身，他揉揉雙眼，像望見從遠方洋面駛近的船，首先露出船桅一樣，遠遠地，他先看見她用黑緞縛著的一束髮，從地平線上冒了出來……

【附錄】

暗室裡的對話

駱以軍：最近讀到余華的隨筆《我能否相信自己》裡有這樣一段話：「……布魯諾・舒爾茨與卡夫卡一樣，使自己的寫作在幾乎沒有限度的自由裡生存，在不斷擴張的想像裡建構起自己的房屋、街道、河流和人物，讓自己的敘述永遠大於現實。他們筆下的景色經常超越視線所及，達到他們內心的長度；而人物的命運像記憶一樣悠久，生與死都無法去測量。他們的作品就像他們失去了空間的民族，只能在時間的長河裡隨波逐流。……」這讓我不自覺地想到你的這些篇小說。布魯諾・舒爾茨將他的父親以一種孩童的晃蕩和爛漫，變成鳥（或鳥類標本）、蟑螂和螃蟹。最後他媽媽還把那螃蟹烹煮了。你的這些篇小說，似乎皆將一個父親的角色，凍結、靜止、禁錮在一幅眾人恍惚傻笑的畫面裡。「父親早已離開了。」他像舒爾茨那個「逃跑時腿不斷脫落在路上」，去開始一種沒有家的流浪生活的那個，消失的父親。那樣的一幅畫，一幅家族合照裡，因爲父親不在，而使所有人都滑稽、空落而淡然世故。這樣的「傷痛早在故事源頭之前」的節制、幽默，近年來我只在石黑一雄的小說中讀到。我非常迷惑你如此年輕便以這樣的時間感凍結自己的故事。彷彿不斷復返回去那個「大於現實」的靜靜的街道、公路、小鎭、咖啡館和裡面的人物們。也許有點冒昧，能否請你談談這個。「那是怎麼一回事？」

童偉格：很有趣的是，您在問題中提到的余華的話：「使自己的寫作在幾乎沒有限度的自由裡生存……」其實，我一直悄悄在心裡轉著類似的念頭，我總以爲，小說的魅力，應該就在於它「很自由」。所以，對於您這個問題（「那是怎麼一回事？」），我無法準確回答，因爲在寫的時候，以及寫完之後很長一段時間，我其實並不眞的知道（甚或只是察覺），它們何以長成了這副德性？我把這九篇小說重讀了一遍，發現了一件滿嚴重的事，那就是，在寫作的這五年間，我比較像是在原地轉了一圈，比較像是以同一種手法，把個人一點小小的焦慮推遠一點，如此而已。於是，整件事情也許可以倒過來：如果有一個人總是企圖「凍結」、「靜止」、「禁錮」一個早已逃脫了的角色，他可能只是想逃脫那個早已「凍結」、「靜止」、「禁錮」了的形象罷了。是不是如此呢？我開始在想這個問題。

我的記性很差，我常想，記性差的人在生活上，有一個壞處，和一個好處。壞處是，記性差的人，一旦想跟別人複述一個他聽過、而且「記得很好笑」的笑話時，結果通常是災難一場。好處是，記性差的人，似乎比別人多了一套自我保護裝置，當眞正的災難降臨時，他總是無法清楚地記得事情的經過。

最近，我在找尋一九八四年夏天，在我們身邊，到底發生了什麼事？我發現，那年夏天的確滿熱鬧的：有一位蔡先生，駕駛一架單引擎小飛機，橫越太平洋，在台北著陸，破了世界紀錄，還有一位嘉義的邱先生，在上千名圍觀的民眾面前，公然謀殺一頭老虎，這件事也上了國際媒體。另外，那年夏天還接連發生兩次煤礦礦坑災變，總共有一百七十七位礦工因此罹難，其中有一位，是我的父親。

奇怪的是，在那段時間裡，我最記得的，是玻璃瓶裝汽水的圓形瓶蓋，印象中，我好像花了整個夏天在地上找瓶蓋，我把瓶蓋拿在手上，除了瓶蓋那點小小的面積外，我什麼都沒看見。有什麼凍結了嗎？現在回想起來，好像什麼都凍結了。

不過，就我個人而言，我一直嘗試辨識、並表達的那瓶蓋般大小的東西，終究沒有「大於現實」，那比較像是一種被龐大而生硬的現實給打敗了、給限制住了的視野。我認爲，這是寫作《王考》時，我的局限。

駱以軍：初次讀你的小說，我忍不住想，我身邊那些尊敬而嚴厲的師友們會怎麼看待這些作品。像徐四金《香水》裡那個香水匠葛奴乙，可以在一瓶香水中嗅聞出它複雜糅錯的身世：它的萃取手法、它的材料、它的城市教養、它暗中致敬的經典香水……我歡快地在這些作品裡嗅到了拉美魔幻的巴加斯・略薩；我嗅到了一點點葛拉斯（以及他的「流浪漢傳奇」）；我嗅到了一點點的《被傷害及被侮辱的》，最可敬的杜斯妥也夫斯基……也許我全弄錯了。但我確實為包括〈假日〉、〈暗影〉、〈離〉、〈我〉這些篇優美純粹的小說迷惑吸引。「怎麼可能那麼好？」那是一個比我的小說啓蒙時刻上跳了幾十年的，寬闊而完整的「人直接與命運對話」、「敘事尚未被污染之前」的地貌。恕我直言，我覺得這幾篇比你最近得獎的〈王考〉要好。我想請問：你心目中的「小說祖譜」是哪些人？他們怎麼影響了你？

童偉格：（偷偷告訴您一件事，希望您不要介意，現在，葛奴乙在《香水》裡的最後下場，一直出現在我腦海裡，我覺得有點恐怖……）

我喜歡讀小說，因為沒有人想阻止，也沒有人告訴我應該怎麼讀，就憑自己的喜好亂讀一通了。因此，當您問起我的「小說祖譜」，以及他們對我的影響時，我其實滿惶恐的，也有點心虛，原因是：第一，我其實以這種主觀而野蠻的閱讀方式，壓榨了很多小說家的辛苦成果，第二，有許多小說家，他們其實影響了我，但是我太笨了，我總是到很後來才突然發現。所以，我充其量只能以很不負責任的方式，提出一些令人尊敬的名字，希望這樣不會讓他們顯得很滑稽——

我記得，托爾斯泰有一篇短篇小說，寫的是敘述者「我」，一位領有農地的貴族，和一位醫生，在一個村子裡的見聞，兩人在一天疲累的探視後，醫生突然說了句怪話，他說：「我昨天在某某某家看顧一位產婦，爲了方便檢查，必須把她放在一個能讓身體躺平的地方，但是在她們家裡，找不到這樣一塊地方。」這句話前不著村、後不著店，說完以後也沒人接話，但是不知道爲什麼，當我把整篇小說的具體內容，連同它的篇名一起忘掉了很久以後，我還是不時會想起那位疲累而失神的醫生，還有他自言自語的這句怪話。我喜愛這樣寬闊地描摹角色的整代俄國作家，包括了果戈里、屠格涅夫、托爾斯泰、（的確可敬的）杜斯妥也夫斯基，與契訶夫。

我記得，王蒙爲《紅樓夢》做了一番分析，直指《紅樓夢》的某些段落，可以獨立出來，成爲很好的短篇小說，在我尚不明白「故事」和「情節」原來有分別的時候，這種自由自在的敘述方式，讓我感到很佩服，我所喜愛的小說家，包括了石玉崑、羅貫中、曹雪芹、魯迅，以及沈從文。

我記得，馬奎斯的《百年孤寂》是如此地明亮而強悍（「今天早晨，當他們帶我進來時，我總覺得這一切我早就經歷過了。」），他說，吳爾芙作品中的時間感，深深地影響了他，但我認爲，他才是時間最大的敵人。他是獨一無二的。

駱以軍：在這本小說集裡，〈王考〉和〈驢虞〉很明顯地迥異於其他諸篇。文體上糅進了縣誌、地方誌、搶神、野台戲這些繁文縟節的考據和人類學式的田野紀錄鏡頭，但又顯露出一種「脫離感傷調」，處理一「神奇的寫實」（magic realism）而非夢境或霧中風景。〈王考〉說的是一個考據癖、書癡、知識瘋子的故事，不過我覺得它匿藏的敘事幅員應該可以繼續延展成一長篇至少是中篇。〈王考〉裡你已經（過早地）以僞知識、歷史與神話的妄錯嫁接、書本以及其對峙的眞實世界……這些界面來面對一則神話學的鄉愁：知識系譜的失語症而成爲民族的巴別塔（他的祖父有四根舌頭）、文化主體的失位使得虛無的後裔只能無限感傷地成爲漢字戀字癖（……人死以荊榛吹燒刮尸烘之環匍而哭既乾將歸以藏有葬則下所烘居數世移一地乃悉汙其宮而埋於土……）、古地圖藏家（滴水尾、楓瀨濂洞、鯽魚潦、尪子上天、半碉亭埔）或儀典懷舊……這在拉美的小說家群（除了波赫士）動輒就是數十萬字的大長篇國族大史詩。這樣的漢字「符號／物質性」的撕裂（失落），我想到三個完全不同「離散時間」的小說家：韓少功、舞鶴和黃錦樹。我不曉得你在〈王考〉中的轉變是朝向怎樣的一個書寫想像作準備？你能不能聊一下？

童偉格：韓少功的《馬橋辭典》裡，就有一位考據癖，他一心想跟人說明，「射」與「矮」這兩個漢字，其實被人相互混用了：「寸、身」應該是「矮」的意思，而「委、矢」才是「射」的意思，所以說，「一個矮子在射箭」是錯的，「一個射子在矮箭」才對，這位人物，我在寫〈王考〉時，的確常常想起來。

不過，從〈假日〉、〈暗影〉、〈離〉、〈我〉，到〈王考〉與〈驪虞〉，我並沒有爲任何書寫想像作準備，只是有一個直接的意圖，讓我覺得必須作出調整。這個意圖是：我想要知道事情表面底下的線索，我以爲，藉由聯繫這些線索，我也許有機會建立起「另一種事實」，這種「事實」，也許當時間都——如您所指出的——「離散」了，它還在，一直都在。搞不好，世界上根本就沒有這樣的「另一種事實」存在，但我認爲，我應該自己想辦法確認看看。

我念國中的時候，放學時，需要走過大半熱鬧的街區，到公車站搭車回家，走到那條電動玩具街時，有一位二十多歲、自稱是「阿忠」的人，就會渾身髒兮兮地從電動玩具店裡跳出來，跟我們討零錢，雖說是討，但他總是裝得一副正在跟人勒索的樣子，不管最後有沒有人給他錢，他會一面往回走，一面大聲對我們喊：「記得啊？在學校有事就報我的名，我叫阿忠，啊？」從一九八九年到一九九二年，就我所知，他都在電動玩具店裡度過。您如果問他，柏林圍牆倒下那一天，你在幹嘛？在打電動。六四天安門那一天，你在幹嘛？在打電動。全北台灣大停電那一夜，你在幹嘛？在電動玩具店外面，等電來。
我想要知道，一個人，怎麼有辦法這麼驚人？是在這樣的意圖下，寫了〈王考〉和〈驪虞〉。
於是，您很輕易就可以發現，第一，我眞的沒有準備好，我的方法，基本上還是現在看起來很捉襟見肘的寫實主義，因爲，想去確認某種永恆的「另一種事實」，這就已經夠寫實主義的了。第二，也因爲前述的企圖，也因爲沒有對準確的書寫想像作足準備，就我個人而言，我感覺〈王考〉和〈驪虞〉已經太長了，針對您所提出的議題，我必須要仔細再想想，如果我想得清楚，我會另外以較長的篇幅來呈現。

駱以軍：您總是說「我必須要仔細再想想」，這樣的一本正經讓我忍不住噗哧想笑（對不起我是牡羊座的）。我才必須要仔細再想想呢。
昆德拉在小說《不朽》裡曾提到一個「生命主題的鐘面」，十四歲時，一個七歲的小女孩在街上攔住他：「先生，請問您現在幾點？」那是第一回有人稱他爲您和先生。很多年後，一個俏麗的女人問他：「你年輕時，也是這麼想的嗎……」我有時也曾在一兩個遠較我年輕的作者手中讀到讓我局促自慚的作品；但是像這樣在一組美好的作品後面，看到作爲小說時間刻度的一些，神祕而嚴肅的什麼……

這使我非常感慨。

你說你的方法「基本上還是現在看起來很捉襟見肘的寫實主義」，但只要這些一百年後的小說家們，他們的素描簿上曾潦草繪下波赫士或馬奎斯的臉像，那我便不相信那快速穿過折光與夢境的「時光隧道」能避開那些「現代主義的敏感帶」（當然那是你的自謙）。你在〈叫魂〉這個鬼故事裡，寫到一架飛機摔進山溝，主人翁他們帶著開山刀和板斧，上山搭救，結果劈開飛機門，走出來的，竟然是一些死去的親人，原來「這些早就死掉的人，他們參加陰間觀光團，想不到飛機失事了，就全部活了回來。」這整篇小說讓我詫異欣羨。問題是，你的這些死人們，比許許多多斑爛細節寫實技法的小說家筆下的不幸活人，要世故、幽默且「人味」多了。

當然，我們此刻所談論、崇敬迷戀的兩個詞：「小說」與「故事」，或許不過正如《馬橋辭典》裡那兩個弄錯顛倒的字：「射」與「矮」。一個寫小說的人總會對另一個好小說家有一種「故事欣羨情結」：「媽的他怎麼可以把故事說得如此好？」讀你的小說，我心底的想法是：「這是一個有地圖的人。」譬如你喜歡的沈從文，譬如張貴興，譬如福克納。在你復返徘徊，以各種故事鏡頭複寫的那個小鎮，那個礦區，那些火車站或公路，那些從各間厝屋姍姍走出來的家族人物或鄰人，那是個遠和黃春明筆下的礁溪、宜蘭更令我們陌生的世界。「光度歪斜了一點點」。但你可以說它是「寫實的」（像馬康多？），在台灣另一個時空下存在的一個小鎮？

童偉格：「至於一個野蠻的靈魂，裝在一個美麗的盒子裡，在我故鄉是不是一件常有的事情，我還不大知道；我所知道的，是那些山同水，使地方草木蟲蛇皆非常厲害。我的性格算是最無用的一種型，可是同你們大都市裡長大的人比較起來，你們已經就覺得我太粗糙了。」這是沈從文的話，我常想，如果野蠻的是細節所組成的故事，美麗的是結構，不知道會組成一部怎麼樣的作品？

我其實一直想著，要寫篇幅較長的小說，現在，每當我這樣想時，我就會連帶想起三件事。第一，是一個細節：在鹿橋的《未央歌》裡，當余孟勤「終於」吻了伍寶笙時，爲什麼伍寶笙聞到的，是一陣汗臭味呢？汗臭味其實沒什麼好奇怪的，只是，當這味道出現在《未央歌》這樣一部惟美的作品裡的這樣一個惟美的片刻時，總是有點怪怪的。我感覺，這個細節，在整部作品中，好像一個凸出的疙瘩，雖然，味道明明該是無形的。

第二，是一個故事：有一位鄉長的表弟，很會起乩，硬要說自己是神，鄉民都對他又愛又怕，鄉長基於身分，成了惟一不相信表弟的人，表弟心思報復，用了迷幻的手段，讓鄉長在鄉長媽媽的眼裡，看起來像一頭獅子，鄉長媽媽殺了獅子，砍下獅子的頭，提著很威風地遊鄉示眾，當迷幻退去，鄉長媽媽低頭一看，發現手上提的，是自己兒子血淋淋的頭。如果把鄉長改成底比斯國王彭休斯，這就成了優里匹底斯所寫的希臘悲劇《酒神的女信徒》裡，用很優美的敘述方式所表達的故事了。

第三，是一件眞實的事：某一個星期三，在離辛亥隧道最近的那家大生鮮超市裡，我看見一位故事寫得極好的作家，好像幽靈一般，推著推車在結帳。結完帳，他提著兩大口塑膠袋，一個人走入滂沱大雨中。那個夜晚極其寒冷，生鮮超市的櫃檯小姐，望著他的背影，森森地對我們說：「他夏天常來買榴槤。」這件事是眞的，但每次我這樣說時，都沒有人要相信。

似乎，我們並不像我們所以爲的那樣，可以決定什麼是有形的，什麼是無形的，什麼是野蠻的，什麼是美麗的，什麼是可信的，什麼是不可信的，但我們不是正在寫作嗎？我們總可以試試看。

文學叢書 023

王考

作　　者　童偉格
總 編 輯　初安民
責任編輯　高慧瑩
美術編輯　許秋山
校　　對　余淑宜　高慧瑩　童偉格

發 行 人　張書銘
出　　版　INK 印刻文學生活雜誌出版股份有限公司
新北市中和區建一路 249 號 8 樓
電話：02-22281626
傳真：02-22281598
e-mail：ink.book@msa.hinet.net
網　　址　舒讀網 http：//www.inksudu.com.tw

法律顧問　巨鼎博達法律事務所
施竣中律師
總 代 理　成陽出版股份有限公司
電話：03-3589000（代表號）
傳真：03-3556521
郵政劃撥　19785090 印刻文學生活雜誌出版股份有限公司
印　　刷　海王印刷事業股份有限公司

港澳總經銷　泛華發行代理有限公司
地　　址　香港新界將軍澳工業邨駿昌街 7 號 2 樓
電　　話　(852) 2798 2220
傳　　真　(852) 2796 5471
網　　址　www.gccd.com.hk

出版日期　2002年 11 月　初版（共二刷）
2024年 1 月 12 日　二版二刷
ISBN　978-986-7810-10-6

定價　240元

國家圖書館出版品預行編目資料

王考／童偉格著.－－初版.－－
新北市中和區：INK印刻文學,
2002. 面；　公分.--（文學叢書；23）
ISBN 978-986-7810-10-6（平裝）
857.63　　91018969

舒讀網